理塘纪事

LITANG JISHI

谢永华\著

四川民族出版社

图书在版编目(CIP)数据

理塘纪事 / 谢永华著. -- 成都：四川民族出版社，2024.2

ISBN 978-7-5733-1775-9

Ⅰ.①理… Ⅱ.①谢… Ⅲ.①散文集-中国-当代 Ⅳ.①I267

中国国家版本馆 CIP 数据核字（2024）第 046160 号

LI TANG JI SHI

理塘纪事

谢永华　著

出　版　人	泽仁扎西
责 任 编 辑	央　金
出　　　版	四川民族出版社
地　　　址	四川省成都市青羊区敬业路 108 号
邮 政 编 码	610091
联 系 电 话	(028)80640534
制　　　版	潇湘悦读文化研究会（湖南读书会）
印　　　刷	长沙市精宏印务有限公司
成 品 尺 寸	170mm×240mm
印　　　张	14
字　　　数	200 千字
版　　　次	2024 年 2 月第 1 版
印　　　次	2024 年 2 月第 1 次印刷
书　　　号	ISBN 978-7-5733-1775-9
定　　　价	89.00 元

理塘纪事
————

序言
◎

从平地到高原

·姜贻斌·

　　在谢永华女士的人生中,有一段平地到高原的经历,那段经历对于她个人来说,意义非凡。作者从风调雨顺的湘中地区,来到具有"高原明珠"之称的四川理塘县。理塘系藏语,即广阔的坝子犹如铜镜，这是多么富有诗意的名字。因此，眼前这部《理塘纪事》，便是作者这段经历的明证。

作者虽然出道较晚，却有一股不怕挫折的劲头，就像高原上的格桑花，迎着寒风大雪，竟然没有凋零之感，更没有胆怯之意，仍然生长得五彩缤纷。这便像她的散文一样，处处散发出雪山的凛冽，民族间的温暖，格桑花的清香，帐篷里的欢乐，还有诱人的奶牛气息。

读罢她的散文，便会感到一股强劲的高原之风向你吹来，这里有温馨，有刺痛，有幸福，也有痛苦。总之，她没有掩饰生活中的酸甜苦辣，力求真实地反映出自己的内心感受。她没有曲意迎奉，也没有掩盖生活中的矛盾，她写出了人性之美，也不回避人性的弱点。因此，在《高原之夜》中，我们可以领略到民族间交往的动人细节，也可以看到人与人之间矛盾的消弭。在严苛的自然环境下，纵然有种种的不尽如人意，种种的牢骚与隔阂，人心毕竟还是温暖的。那间小木屋，那碗奶茶，那炉牛粪火，便共同衍生出人类的温暖。就是这种温暖，让他们终于战胜了那个乌黑的高原之夜，回到阳光普照的世界里。

《我和卓玛》则记述了我和藏族姑娘卓玛的故事，它既是散文，又像小说，可见作者打通了两者之间的界线，十分耐读。卓玛这个可爱的姑娘，带着我去看赛马，让我感受到草原的宽广和包容。卓玛似乎恨不得让我在短暂的时间内，熟悉那片陌生的高原土地，熟悉那里心地善良、性格豪放的人们，以及坚韧的牦牛与夏秋之季开放的格桑花。因此，每每看到远处亘古不变的皑皑雪山，作者的内心便释然了，坚信没有爬不上的高山。

众所周知，虫草是理塘的特产，不说其价格贵贱，《挖虫草》却写出了一群男女老少在高山上挖虫草的生活状态，他们就像大地之子，一寸一寸卧伏前行。他们忘记了艰苦和寒风，也忘记了生活的种种牵挂，然后把一条条"狡猾"的虫草剥离出来，那便是他们在高山上的收获，那些收获让他们脸上流露出难得的笑容。其中喝"牛脚水"的细节，尤其让人难忘。其实他们脸上那难以消褪的高原红，手上难以弥合皲裂的皮肤，便是生活，是高原人们日日都需要承受的。这种感受，恐怕是我们这些生活在内地的人难以想象的。

《金花的帐篷》写的是我跟随金花去挤奶的故事。金花的任性与活泼，让我领略到了藏族姑娘的性格，也看到了她和父母劳动的情景。那些白花花的牛奶，竟是她们亲手一把一把挤出来的，也写出我初次挤奶的生涩和滑稽。当我们喝着鲜奶时，是否会想起她们的艰辛呢？我估猜，没有多少人会想到这个。最后还写到两个陌生的年轻人来到金花家里，金花家管他们吃喝和住宿，谁料这两个年轻人竟然偷走了她家的牦牛皮，金花的阿爸也只是叹息一番，并无愤怒之态，足见藏族男人的宽阔胸怀。

《遥远的声音》则采用另一种笔墨，渲染出高原上诸多的声音。有我所听到的声音，也有我想象的声音。有市场上喧闹的声音，也有雪滋滋融化的声音，有高原之风呼啸的声音，也有康巴汉子靴子踩在雪上的声音。有阳光撕裂的声音，也有喇嘛念经的声音。这各种混合的声音，组成了宏大的高原声韵大合唱，汇成了一曲高原的动人旋律。总之，这是一篇比较特别的散文，它既真实，又虚幻，让人回味无穷。

另外，还有《旺吉一家人》《骑白马的央金》，以及《高原上的女人》等等，都是很耐读的文章，它们让读者既能够领略到高原的风采，也能够感受到作者的悲悯情杯。

是为序。

2022 年 6 月 25 日

(序作者系湖南省作家协会名誉主席。)

LI
TANG
JI
SHI

理
塘
纪
事

目录

 狼毒花

>>> 结霜的小花

>>> 理塘雪景全景

>>> 理塘毛垭草原上的土拨鼠

>>> 芒康村民正在纺织牦牛帐篷

>>> 白云生处

>>> 小惊喜

>>> 理塘二级保护动物黄鸭

>>> 理塘八一赛马节

>>> 藏历新年期间,传统民族服饰表演

>>> 民族特色饰品店

>>> 高原冬天的夜晚，简直冷得让人难以忘记。

零壹篇

「那一夜」

那一夜，是我生命中最难忘的一夜，那是高原之夜，也是无眠之夜。

　　其实，距离那个夜晚，已经过去了二十多年。不知怎么回事，在这初冬的季节，我却突然想起了那个夜晚。

　　那是个冬日的上午，阳光淡淡地照在雪山上，发出耀眼的光芒，光芒中含有温暖的味道。雪山下，呈现出草地淡黄的景色，让人感到惬意而舒适。寒风虽然凛冽，在我所处的市场里，仍然挤满了熙熙攘攘购物的老乡。各种声音混合在一起，就像盛会开启的前奏。此时的阳光，又斜斜地照在五彩塑料的篷布上，就像悠然躺卧着的彩虹，令人舍不得挪开目光。

　　即使舍不得，我们等一下也要回湖南老家了。临近年关，大家的心情是如此急切，恨不得飞到老家。现在，老乡们都忙着在收拾东西，我也必须要赶快行动起来。

　　不久，我们终于兴奋地坐上了汽车，似乎马上就能赶到老家（其实，我们坐了汽车还要转火车，总共需要七天七夜），有人甚至还高兴地唱起歌来，像是在跟这美丽的高原做短暂的告别。客车像只庞大的甲壳虫，在崎岖的山路上，摇摇晃晃地向前爬行，卷起的尘土和天上的白云，于瞬间都成为朋友，齐齐地向远处飘去。那一座座大山，在我眼前一一掠过，有的像包子，有的像馒头，甚至，还像一晃而过的童年。

由于海拔较高，我似乎只要伸出双手，便能够触摸到蓝天上的白云，跟它们一起飞翔。当时，我竟然有种蠢笨的想法，如果站在车顶上，说不定能抚摸到令人心醉的天空，抚摸那种蓝色，抚摸那种辽阔。但我知道，这种想法是不切实际的，甚至极为天真。于是，我深深地吸几口气，感受空气中含有阳光和雪山的味道，当然，还有牦牛和酥油茶的味道。不知为什么，来到高原已三年之久，我竟是第一次有这种强烈的感觉。我责怪自己平时太粗心太大意了，也有种未能早早生出这种美妙感觉的遗憾。

车上，李小玉的小孩睡得很香。另外几个老乡，在天南海北地闲聊着，似有说不完的话题。雄鹰在尖锐地叫喊着，在蓝天上或展翅飞翔，或盘旋，似乎在给我们做着不舍的送别表演，又像是在跟那几个老乡喁喁对话。总之，我看得出来，它们的确在欢送我们，欢送我们这些来到高原上生活的外乡人。此时的我，并不想多说话，窗外的美景已经让我入迷。看累了，我便靠着车窗歇息。车子像摇摇晃晃的摇篮，于是，我很快便进入了梦乡。

当我醒来时，车子停在一个较平缓的坡处。司机大声招呼大家下车，说是车子抛锚了。我揉着惺忪的双眼，打着长长的哈欠，这才打量四周。此时，天色已完全暗淡下来，一阵阵冷风，像刀子似的割在我脸上。我打了个寒战，把衣服紧了紧，松开原本束起的长发，这才

>>> 帐篷睡在阳光里

慢吞吞地走下车来。寒风呼啸着穿过山谷，穿过我瘦小的身躯，我差点被风吹倒。

　　四周很静，静得只有夜风的声音，它的声音似乎像小夜曲，只是音调太高，太杂乱。如果声音低缓而抒情的话，那便是一曲美妙的自然之曲。我抬头望去，山坡上有一间破烂的小木屋，发出一束昏黄的灯光。这种灯光，是如此熟悉，如此温暖，它让我想起了自己的童年。我走进去一看，小木屋狭窄的空间，竟然早已坐满了人，空气中，充满着各种难闻的气味，烟味、体味以及牛粪味，混杂在一起，似乎是小木屋里的主调与特色。但是，谁也没有流露出厌烦的样子。我想，也许是天气太寒冷了，他们急于得到牛粪火的温暖吧？又或许是希望抛锚的车子，能够早点修好离开此地吧？所以，他们才无暇顾及这短暂的不适。

大约一个多小时，司机神色紧张地跑进来，说："今晚上恐怕走不成了，车轮不但有问题，还有点漏油，只有等到天亮时，拦住路过的车子，以求得别人的帮助。"

那么，这就是说，我们要在这个破烂的小木屋里，度过冰冷的一夜了。于是，人群哄地骚动起来，说什么话的都有。那些脾气暴躁的男人，竟然骂了起来，骂司机，骂天气，骂黑夜。总之，骂声不断，好像这间难得的小木屋，是供他们发牢骚的天地。这时，李小玉的小孩被惊醒了，哇哇地大哭起来，脆嫩的哭声在黑夜里传得很远，似乎要去勇敢地破解这漫天的黑色。而不幸的是，这些勇敢的哭声，居然又被冷风送了回来。

这间破烂的小木屋，是属于一对藏族夫妇的。

听到小孩的哭声，藏族夫妇又往炉灶里加了很多的干牛粪，他们以为小孩是被冻着了。另外，又拿出糌粑送给小孩吃。小孩吃了东西，哭声才渐渐地平息下来，人们也逐渐地进入了梦乡。至于那些发牢骚的人，也终于合上了嘴巴，闭上眼睛，似乎要跟他人一样，做着似睡非睡的美梦。当然，有些老乡可能是忍受不了小木屋的拥挤吧，或是闻不得那种混杂的气味吧，便到车上睡觉去了，不然，我连坐的地方都没有。

燃烧的干牛粪，发出淡淡的干草味，温暖的火光，映照着人们疲惫的脸庞。均匀的鼾声徐徐地响起来，它们和外面的风声似乎结成了同盟，一阵紧接着一阵，让人不得安然。李小玉的小孩嘴角流着口水，不一会儿，已结成了冰花花。

高原冬天的夜晚，简直冷得让人难以忘记。因为灶火旁边早已坐满了人，我只能坐在外围，外围又哪有火的温暖？因此，我感觉身上像被人泼了一盆冷水，已经浸透到骨头里了。此刻，寒冷的空气正在慢慢地入侵，似乎要残酷地吸收我身体里的热量，以完成它们自私的所谓伟大的企图。我绝不能让它们的阴谋得逞，于是我站起来，努力不断地抖动着身子，却收效甚微。此时，根本就不用想象，我的嘴唇已经冻成了紫色。

正当我拼命地跟寒冷抗争的时候，一阵阵咚咚的响声，隐隐约约地传过来。我开始还以为是风太大，吹倒了什么东西。随着声音的逐渐增大，我终于忍不住从木门缝隙中向外望去。只见黑暗中的汽车在微微颤抖，像寒风中瑟瑟发抖的秃鸡。难道是车子修好了吗？仔细想想，又不对，要是车子修好了，司机肯定会来通知我们的。那么，车子又为何抖动呢？

冷风像厉害的小偷，紧紧地盯着我们不放。它们从山上俯身而来，掠过山谷，然后，在小木屋四周不断地呼啸，盘旋。那个架势，好像跟小木屋有仇似的，大有不把你吹倒，我便要誓不罢休之势。不得不说的是，此时的寒风，的确是这片高原的霸主，它把人们熟睡的味道，把牛羊的毛发，把白天所有的喧闹，毫不讲理地统统地调换了地方。譬如，把人们的味道带到了牦牛身上，把动物的毛发，又吹到了人们的床上。当然，它又像是一个高明的魔法师，把有些东西瞬间地变化出来，又让一些东西迅速地消失。其实，所有的这些变化，对于此时的我来说，都不太重要了。我想快点回到湖南老家的这股思念之风，远比外面的寒风更为强烈。我甚至想，高原的大风啊，你如果一使劲，就能够把我刮到湖南老家，那就算你狠了。

片刻后，木门响起了几下急促的敲门声，确认是老乡的声音后，我才敢打开屋门，似乎担心闯入者是魔类。进来的是青妹子，她是我在市场上隔壁铺面的老乡。她嘴里不断地哈着白气，好像进来的不是一个人，而是一根巨大的冰棍。我说："你怎么又跑来了？是风把你送上来的吧？"青妹子哆哆嗦嗦地坐下来，也不回答我的话。她莫不是冻坏了吧？我赶紧挨着她坐下来，青妹子紧紧地抱住我，像冰棍企图在我怀里慢慢融化。其实，我顿时感觉自己也快变成一根冰棍了。

青妹子三十来岁，烫着大波浪带点黄色的头发，五官也还算精致，只是眼角上长了一大坨"姜粒子"（黄黄的像生姜），在老家也有人叫她姜粒粒。其实，她姓谢。

"怎么了？"我问道。

青妹子说："车上只有她和疤婆两个女人，而她跟疤婆又是死对头。那些男的冷得都抱成了一团，在车上不断地跳动，像跳跳球弹来弹去，弹得她心里很烦躁。"其实，她也想一个人跳起来，又感觉怪怪的，像电视里的僵尸，想想都很可怕。虽然车窗都关闭了起来，整个车厢还是感觉像个超级大冻库。她甚至有种可怕的想法，自己迟早会被冻住的，像冻猪肉一样。她因为没有人可以搂抱，所以，才跑到小

>>> 理塘牧区婚礼

木屋来的。

我说："难怪车子在不断地抖动，原来是他们在跳动哦。"

"你以为是什么呢？"青妹子狡黠地向我眨着眼睛。

我赶紧岔开话题说："那你抱着疤婆跳不就可以了吗？难道你们心里的那点冰，能有这高原的冰多吗？这可是你们化干戈为玉帛的好时机。"

青妹子听罢我的话，埋下脑壳不作声。我明白，我点中了她的死穴。

为了打破这种沉默，我继续小声说道："你们两个本来就是亲戚，不要为了一些小事情闹僵了，更何况低头不见抬头见，不就是几千块的货款吗？你就当是在做好事，积福积德嘛。而且，这又不是便宜了别个，她是你的表姐，打断骨头还连着筋呢。"

青妹子好像被我说动了，温热的泪珠掉落在我手背上。

"哎，你不晓得，车厢里还有一股尿骚味，难道你没闻到么?"青妹子说。

我说："是谁屙尿在身上了?我怎么没有闻到呢?你又在乱说吧。"

青妹子说："我哪里乱说了?坐在车上时，有个女老乡带着个嫩毛毛（小孩），尿布弄湿了，就放在车子的引擎盖上，那是唯一散发热量的地方，居然就散发出一股尿骚味，你说烦不烦?"

我说："嫩毛毛的尿还好吧?气味不至于很大。"

"好了，我不跟你说了，你当时坐在后面，当然闻不到嘛，那些尿骚味都被我们前面的人吸走了。"

居然还有这样的说法，我忽然想笑。

青妹子不理我，又自顾自地说："哎，你说怪不怪，其他的气味我都闻得习惯，就是这个气味受不了。"

"那是你的名堂太多了吧?"我说。

青妹子狠狠地白我一眼，说："我哪里名堂多了?你不晓得，那个女老乡居然还把尿片用牙刷挑着伸在车窗外，我就坐在她后面，一阵风吹来，尿骚味就扑鼻而来，本来，我还想看看窗外的风景，被她这样一搞，我什么兴趣都没有了。你晓得我当时在想什么吗?我简直就像个神经病，一会祈求老天下大雨，淋湿她的尿片，淋走那股尿骚味。一下子又想天老爷刮大风，把她的尿布刮跑。我唯一的要求，就是希望老天爷不要出太阳，太阳一晒，尿布就会散发出更大的尿骚味来，让人无处可躲。"

她刚说完，我便忍不住捂着肚子大笑起来。我边笑边说："我的神呢，这种想法你也有吗？本姑娘真是服了你嘞。"不过，说真的，我也佩服那个女老乡，居然连这样的办法也想得出来。

我说："青妹子，要我说吧，人家带小孩也不容易，尿布湿了，她这样做也是没办法的办法，你就不要抱怨了吧。"我心里却在嘀咕，也难怪，你没有带过小孩，当然不明白其中的艰辛和无奈。

后半夜，李小玉的小孩大声地咳嗽。不仅咳嗽，还哭喊着叫妈妈。顿时，那均匀的像波浪似的鼾声，被彻底打破。相对于小孩的哭喊声，鼾声们已明显处于弱势。此时，李小玉急得团团转，不断地走来走去，木地板发出吱呀吱呀的声音，似乎在说，不要再踩我了，我好痛的呢，我这痛苦的声音，你们人类竟然无动于衷，也太残忍了吧？

藏族夫妇也被惊醒了，迅速地跑过来，打着手势问长问短。获知情况后，他们赶忙端来一碗酥油茶，让李小玉喂给小孩喝。酥油茶冒着热气，淡淡的奶香味，不断地冲击着我们的味蕾。说来也怪，喝罢酥油茶，小孩竟然又安静地睡着了。

也许是酥油茶温热的气息在缓缓飘散，这时的我顿觉暖和了很多，这才认真地打量起藏族阿妈来。她几根长而粗的辫子，用彩带扎着，盘于头顶。头发很黑很油。她的眼睛很亮，长长的睫毛不停地眨呀眨的，好像会说话。脸上的高原红，比一般人的都要红要大。如果说，别人的是小苹果，那么，她的就是超级大苹果——这是因为她的脸庞比较大。藏袍里的羊毛卷曲着，似乎有点发黄发黑。这让我想起了流浪小羊羔身上的毛发，或者说，那只流浪的小羊羔，正在她的衣服里钻来钻去。再一看，藏袍的袖口处磨损严重，仿佛只要轻轻一扯，里面的羊毛就会飞出来。可以想见，藏族阿妈的这件衣服，已经陪伴她很久了。

"阿妈，阿妈。"一个脆嫩的声音响起来。

一个卷头发的小女孩，大约三四岁，穿着单薄的红毛衣，站立在我们眼前。她用一双清澈得出水的大眼睛，怯怯地打量着我们，好像我们是天外来客。可能是她出于好奇，家里怎么突然来了这么多陌生人呢？这些陌生人，又是从哪里来的呢？她睡觉前分明还没有看到他们呀？

而此时，我更担心的是这个小女孩，她的衣服穿得那么少，会不会感冒呢？我正想开口提醒藏族夫妇，只见藏族阿妈抱起小女孩，飞快地走了出去，边走边用手在眼睛上抹着什么。她头上的辫子，被小女孩一扯，竟然直直地垂了下来。每走一步，便重重地打在她的臀部上，也狠狠地抽打在我们心里。本来，我们想抱抱这个乖巧的小女孩，看到这一幕，眼睛却湿润了起来。

第二天，阳光从山上照射下来，把昨晚冻住的一切都照活了。牦牛的叫声从远处飘来，在高原的上空久久回响。康巴汉子高亢的歌声，在山谷里随着风声时高时低，像音乐家在练习吊嗓子。我看见，青妹子跟疤婆低头耳语，脸上都流露出了微笑，时而也有歉意，好像有许多说不完的话，也似乎在弥补两人之间的隔阂。难道她们心中的冰也被阳光融化了吗？还是被我昨晚的话劝动了？我不得而知，我却十分乐意看到她们的和解。接着，青妹子看见那个老乡抱着毛毛，于是，松开搭在疤婆肩上的手，走上前去，抱起那个老乡怀里的毛毛，狠狠地亲了一口，似乎要把自己的愧疚告诉毛毛，告诉这个还不懂世事的婴儿。

这边呢，李小玉拉着藏族夫妇的双手，不断地说着谢谢，眼里闪烁着泪花。此时，藏族夫妇的笑容在阳光下格外灿烂，也格外甜蜜，望一眼，似乎便甜到了心里。我觉得，这笑容很美，像五颜六色的格桑花。汽车上方，有雄鹰飞过，留下一幅剪影，以及尖锐的叫声，令人遐想万千。

临走时，李小玉拿出五十块钱，说是感激藏族夫妇的。藏族夫妇哪里愿意收下呢？咿咿呀呀地说着话。其意思是，这点小事情算什么呢？李小玉执意要表示感谢，藏族夫妇坚决不收，因此，双方推来推去的，像在打太极拳。我大声地对藏族夫妇喊道："收下吧，收下吧。"还一边做着手势。藏族夫妇却没有听我的，似乎还有点责怪我不应该帮腔。最后，李小玉不但五十块钱没有送出去，居然还得到了藏族夫妇赠送的礼物。那是一条洁白的哈达，简直像一绺白云，轻盈地落在李小玉的脖子上。听说，直到现在，这条洁白的哈达还被李小玉珍藏着。

那一夜，的确很冷，也很温暖。

>>> 她微微一笑，那只蝴蝶便像活了般，展翅欲飞。

零贰篇

「骑白马的央金」

央金每次来到市场，总是骑着那匹她心爱的小白马。

小白马很年轻，跟它的主人一样。

市场的偏门，有个水泥砌的公共厕所，像座碉堡。旁边有个圆形的水泥柱子，像一门沉默的大炮。央金走进市场，便把白马拴在柱子上。白马犹如守厕所的老人，或像等待开炮的士兵，无聊而无奈地在狭小的空间，慢慢地打着圈圈，又似是一个深沉的哲学家。有时候，白马也会使点小性子，不耐烦地打着圈子，突然，便落下一堆散发着热气的粪来，简直像魔术师。它可能在想，你们人类都是飞跑着去厕所的，我凭什么非得在这里老实地待着呢？既然我的主人把我拴于此地，那么，我就要原地拉出一大堆粪来，看你们受得了么？

央金不到三十岁，戴着一顶金黄色狐狸皮帽子，清瘦的脸上，除了印着两朵高原红，右眼角处，还有一块蝴蝶形的印记，有点红。她微微一笑，那只蝴蝶便像活了般，展翅欲飞。如果来得太早，她就会在市场的菜摊前，或水果摊旁转悠，眼睛却不时地瞟瞟我店铺的卷闸门，仿佛只要多瞄几眼，我店铺的卷闸门，便会自动开启似的。央金如此急切地盼望着我开门，其实是有原因的。她要来我店铺买化妆品，要把自己打扮得浑身喷香，去见一个人。

那人是个边防战士，叫白杨。

我刚打开门，央金便如旋风般地刮进了我店里，带着一股凉凉的味道。

"华孃孃，你怎么才开门啊？害我好等哩。"央金喘着粗气说道。

我扯着她领口上的哈达，朝着门外一指，说："你看咯，这十几家卖衣服的店铺，都还没有开门呢，是你自己急于去见那个人吧？"我说完，朝她意味深长地笑了笑。

央金立即埋下脑壳，我却清楚地看到了她脸上掠过羞涩的微笑。然后，她便正儿八经地挑选起化妆品来。这个姑娘，可能是我说了她吧，居然把玻璃柜台划得哗哗直响，似乎是对我的抗议。好几瓶雪花膏，都已被她挖去了一大坨。由于她手指乌黑的原因，那些被挖去的地方，像空着的田螺壳。然后，她把瓶子一溜地摆在柜台上，既不说买，也不说不买。

我很好奇，那些被她挖去的雪花膏都到哪里去了呢？

这时，她突然对我说："华孃孃，你帮我把头发上和袖子上的雪花膏擦匀净些吧。"

"哦，我的天啊，这是雪花膏，又不是香水，不能够这样涂呢。"

央金见我半天不动，吐着舌头，小声地说："这擦脸的雪花膏很香，香水也很香，都是擦在身上的，怎么不可以一样擦呢？"

"当然可以擦的，你最好把手上、脚上和身上都擦上吧，我高兴还来不及呢，只要你舍得你包包里的钞票。"说完，我向着她眨了眨眼睛。她却怔怔地看着我，满脸不解的样子。

"唉，我跟你说不清。"说罢，我把她头上和袖子上的雪花膏都揩下来，全部涂到她脸上。她开始还躲闪着，后来，便像一只温顺的小猫，任我在她脸上乱涂乱画起来。

涂着涂着，她的泪水便流了下来，这可把我吓坏了，难道是我擦疼了她吗？还是她舍不得把这么多雪花膏都涂在脸上呢？我正默思着，央金忽然一把抱住我，放声大哭起来。我一下子懵掉了，手足无措，感到央金的泪水在我棉衣上流淌，然后，又掉落在水磨石的地板上，结成了冰花花。

良久，央金终于止住了哭声，抽噎着。

我问道："你到底怎么啦？一大早就抱着我哭，不知情的人，还以为我在欺负你呢。"

她不说话，伸出手朝鼻子一撅，只听到轰的一声，一条鼻涕随风而逝，又顺手扯了柜台上的餐巾纸，在鼻子上使劲揉了揉。然后，才缓缓地说："几岁的时候，我母亲就去世了，像这种温暖的感觉，我已经多年都没有体会到了。而且，我母亲是因为我才去世的。"

此刻，看着她悲伤的神情，我心里也像被猫抓一样难受了起来。认识央金很久了，我还是第一次看到她这副悲伤的样子。

央金说，那天晚上的风很大，七岁的她跟着邻家哥哥在躲猫猫，由于天气太冷，她便躲到了床上，并把电灯关了，浑身瑟瑟发抖。邻家哥哥很聪明，不断地说："央金，我看到你了，我看到你的脚了，我看到你的衣服了。"央金不敢回话，身子却越加抖得厉害。可能是担心被发现了吧，所以，趁邻家哥哥转身之际，她又偷偷地躲到了衣柜里。衣柜里面很暗，也很冷，她的手在衣柜里下意识地一摸，竟然摸出了一盒火柴来。划亮火柴的那一刻，她感觉温暖极了。也正因为如此，邻家哥哥很快就发现了她——那是衣柜缝隙的火光将她出卖了。邻家哥哥打开衣柜的那一刻，她慌忙地把还在燃烧着的火柴，随手丢在了衣服里。

然后，他们手拉着手，又去玩别的游戏了。

他们的笑声不断地回响着，随着寒风飘向远方，然后，伴着牦牛粪的味道又飘了回来。衣柜里的火星随着风的助力，变得越来越放肆了。这时，羊毛衣服燃烧了起来，并渐渐发黑，蓬松的丝绵被子，也被烧成了一坨。总之，各种织物的气味散发开来，浓烟四起，空气中散发出刺鼻的气味。等到央金的妈妈从外面回来，衣柜都快烧没了。央金听到阿妈大叫一声，突然想起了什么，立即冲进了卧室，直奔柜子门，因为柜子里还有阿爸给她买的小熊玩具。阿妈看到她跑进了卧室，也呼喊着跑了进来。火光中，阿妈看到央金倒在烧毁的衣柜旁边，眼角流着鲜血。此时，火势越来越大了，因为被浓烟呛着，阿妈也快支撑不住了。最后，在万般无奈的情况下，阿妈用嘴巴死死地咬住央金的衣角把她往门外拖去。快要拖到门边的时候，一根燃烧着的横梁倒落了下来。也许是出于人的本能吧，阿妈腾地扑在央金身上，横梁便重重地打在了阿妈身上。随后，央金被赶来的邻居救了出来。央金昏迷了一天一夜，阿妈却因为横梁那致命的一击，终于不舍地离开了人世。当时，央金不明白死亡意味着什么，只知道无论她怎样呼喊，阿妈都没有理睬她了。所以，她在心里不断地说服自己，阿妈只是累了，睡着了，等到明天太阳升起的时候，阿妈就会醒过来的。

听完后，我泪水涟涟。

我问道："那你阿爸呢？"

央金说："阿爸是名边防战士，在一次执行任务的时候，为了搭救别人，献出了自己的生命。我很想念阿爸，那个小熊玩具，就是阿爸送给我的生日礼物，而且，还是唯一的生日礼物。"

她阿爸为了救别人，献出了自己年轻的生命。她阿妈因为救她，离开了这个世界。此时的我，不知该怎样安慰这个昔日坚强而乐观的女子。

阳光斜斜地照进了店内，柜台上，顿时像镀了一层金水。阳光投射到央金的狐狸毛帽子上，狐狸竟然像活了般，在风中自由自在地奔跑着。

自从知道央金凄苦的身世，我对她的好感又多了一层同情。想当初，我在坝子里认识她的时候，她是个多么阳光的女子。她的笑，是格桑花般的笑，含有五颜六色的味道。她手执马鞭的姿势极其好看，鞭子轻轻一挥，白马便优雅地奔跑起来。坝子里，到处散发出青草和格桑花的味道。当时，我正埋着脑壳入迷地闻着格桑花的味道，不知何时，竟然飘来了一条洁白的哈达，径直盖在了格桑花上。我正在

>>> 苞叶大黄

纳闷之际，只见央金策马而来，停在了我的身边，笑着喊道："孃孃，哈达是我的。"我便把哈达递给了她，说："我叫谢永华，你可以叫我永华，或者叫华华都可以。"她说："那好，我就叫你华孃孃吧。"华孃孃，华孃孃，我嘀咕着，这感觉怎么像古代宫廷里的人所叫的称呼呢？

央金说完，突然把脑壳一扬，使劲地盯着我看，好像我的脸上有了脏东西。然后，她带着乞求的声音说："华孃孃，我们一起出去玩，好不好？"

"出去玩？去哪里？"我有点意外。

"陪我去白杨那里，可以吗？我们每人骑一匹马，我还是骑我的白马，你骑黑马。"

"央金，我要守店铺呢，你以为像你吗？野狗子脚走惯了，一天不走都过不得。"

"哼，还说是我的好朋友，连这点事都帮不上忙，你这个店铺关它几天门，少赚几分钱，你会死吗？"央金一改刚才可怜兮兮的样子，顿时，变得凶起来。

"不是少赚几分钱的问题，你去见你的白杨哥哥，我难怪去当电灯泡吗？你也不动动你的猪脑壳想想吗？"

"路途这么远，你就忍心我一个人去吗？我们两个骑着马，有个照应多好。再说了，你还可以领略我们高原独特的风光。你可以想象成我在为你免费做向导，在陪你旅游嘛。你再想想，我们两个策马奔驰在辽阔的草原上，你到时女扮男装，我们就像一对仗剑走天涯的侠侣。"

"我还女扮男装么？还是侠侣么？你想得倒挺美的。"我扯了扯央金的哈达，笑了起来，"亏你想得出来。你要我陪你去也可以，到时你得免费为我守三个月的店铺。"

央金一拳打在我手臂上，说："守三个月店铺？三天还差不多。"

央金娇羞的样子，真是可爱极了。

我转念一想，自从来到理塘，从来没有好好地出去玩过，这的确是个好机会，于是，我便答应了她。

央金高兴得抓住我的手"啃"了起来，像只饿极了的野狼。

我们说走就走，简单收拾后，我们带上干粮和水，还有白杨喜欢吃的牦牛干。央金骑着白马老是走在我的前面，这也难怪，一来她思念白杨心切，二来她的马技确实要比我好很多。驰骋在高原的草地上，不必拘泥路线，真是无边无际。她想怎么走，都可以随性而为。我呢，却老是觉得屁股不舒服，还有黑马身上的味道，让我不太习惯，因此，速度明显缓慢了很多。央金看到我落下很远了，便会扬起马鞭，歪起脑壳望着我，喊道："华嬢嬢，你骑快点，照你这样的速度，猴子生绿毛了，还见不到我的白杨。"

"我的黑马没有你的白马听话呢。"寒风把我的话呼啦一下子传送给了央金。

央金不说话了，一直望着我向她慢慢靠近。

天上的雄鹰和白云在陪伴着我们，我们一点也不感到孤单。有时候，雄鹰和白马也会发出共鸣声。每当雄鹰尖锐的叫声划过天际时，白马便会抬起脑壳回应。跑累了，央金便下马在草地上摊开手脚，闭上眼睛，把世界关在门外，独自神游。此刻，我能够猜测，她脑海里都是白杨的影子。她在想象着白杨见到她的样子，回想着他们昔日的甜蜜时光。那时的她，清纯得如雪山上的水，长发飘飘。我挨着她躺下来，也闭上眼睛，品尝着青草和阳光的味道。

我见过白杨，他高大结实，穿一身军装，英姿飒爽。

央金曾讲起她与白杨的甜蜜瞬间。那是某个晚风轻拂的午后，央金说："白杨，我饿了。"白杨突然像变戏法似的，一只手从央金的脑后面伸出来，然后，优雅地一翻，两个饺子便像两锭银元宝粘在了手掌心，出现在央金眼前。不等央金回过神来，两个饺子便送到了她小嘴边。吃完后，央金舍不得挪开嘴巴，湿润的嘴唇，吻住白杨温热的手掌心，像烙铁烙在肉皮上，真是难分难舍，那种感觉真是妙不可言。央金说："如果时间停留在这一刻，那该多好，就算下一秒离开了这个世界，也是值得的。"她又说，想着，想着，自己便忘记了一切。

央金很坦率，每次都把她的感受告诉我。

炊烟和着格桑花的香味阵阵袭来，央金贪婪地吸吮这难得的味道。以至于她的白马撂着尾巴走远了，她也不知道。此时，高原的风从山崖处俯冲下来，把央金的红色藏袍轻轻地掀起，露出了里面的白色羊毛，然后，又随着风的返回，白色羊毛再次隐藏在红色的藏袍下，仿佛风不曾来过。央金翻了一下身子，打了个长长的哈欠，对着天空"啊"了几声，终于坐了起来。

央金极目四望，没有看见白马的影子。于是，把手指头放进嘴里，发出一声长哨，便听见白马嘚嘚地跑了过来。在绿色的草地上，白马像匹神马突然而至。央金亲切地摸了摸白马浑圆的肚子，又挨了挨马脸，然后，跨上马朝着白杨的方向跑去。

那天，我们路过河边的时候，看见那里围满了人，穿着各种服装的人都有，他们对着河里的一个黑点议论纷纷，很焦急的样子。出于好奇，央金挤进人群，挤到离黑点最近的地方。这时，我们只听到一个老阿妈说："这辆车子也不知道是怎么回事，一下就掉进了河里，也不知道车里有几个人，人还活着没有。"有人打了救援电话，好久也没有见人来，估计还在路上吧。

央金一听，急了，骑上白马便往河中冲去。我想劝阻她，却已经来不及了，白马像箭一样冲了出去，我的话却卡在了喉咙里。

老阿妈大声说："河水很冷，你下去会冻死的。"

央金没有听老阿妈的劝阻，鞭子一扬，奔跑得更快了。刚开始，白马还跑得比较快，河水只浸到马的膝盖处。可是，越往前走，河水越深，马的速度便明显地慢下来了，快要接近黑点的时候，白马突然四腿一软，央金差点从马背上掉了下来。央金顿时感到了一种从未有的无助，急得哭了起来。

我在岸上急得不得了，以为她受了伤，但我又不敢骑马下去，便大声喊道："央金，你快上来。"

突然，人群一阵骚动，原来是救援队伍来了。

央金立即调转马头，跟在救援队伍后面，看是否有用得着她的地方。由于河水深冷湍急，给救援行动带来了很大的困难。当女尸从车子里被抬出来时，央金再次流下了泪水。这泪水包含着无奈，也让她想到了在火中亡命的母亲。她急忙接过女尸放在马背上，小心翼翼地呵护着，不知情的人，还以为是她的亲人。央金却毫不在意那些充满同情和不解的目光，仍然眼神坚定地朝前面走着。到达岸边的时候，几个人帮着把女尸放到车子上，央金默默地鞠了三个躬，我们便黯然离去。

此时的风，越来越冷，夹杂着无数的雪粒，打在我们脸上生疼。但是，央金却觉得浑身充满了力量，冰冷的身子突然变得温暖起来。我想，这应该是白杨给她的动力吧？我猜测，她还应该仿佛看见了风雪中的父亲和白杨，正在痴痴地望着她走来的路。这时，雪粒已变成了雪花，走在后面的我，看见白马和雪花融在了一起，在偌大的雪地上，央金红色的影子，像一团燃烧着的火苗，在雪地里不断地跳跃着，直至消失。白马留下的蹄印，被雪花无声地盖住了，马蹄又不断地印了出来。雪花呢，又不厌其烦地继续覆盖。它们竟是那么的默契，默契得好像是热恋中的情侣，又好像让人感觉白马是在进行着某种秘密活动。我唯有策马追赶而去。

央金还说是免费陪我旅游，真是扯淡，此时的我，才感觉上当了。一路上，央金多半时间肯定都在思念白杨，将我和黑马晾在了一边。

临近傍晚时分，我们终于来到了一个村庄。

这时的我们，已经感觉到又冷又饿。于是，我们决定在村庄借宿。整个村子在白雪的覆盖下，显得极其清冷，朦朦胧胧的灯光，却给人一种温暖的感觉。由于长途跋涉,我们身上已经被汗水浸湿了,又被寒风吹干了。此时的我们,才终于感到有阵阵寒意袭来,便不由自主地打了个寒战。央金紧紧地贴着马背,朝着最近的灯光骑去,像个误入别人领地的不速之客。我则紧跟在她的后面,像个跟屁虫。可能是马蹄声惊醒了某家的藏獒,它那尖利而凶猛的叫声传遍了整个村庄,似乎把睡着的白雪也叫醒过来了,当然,也惊扰了正在做着美梦的人们。

我们来到一户人家,央金拿起马鞭拍门。门开了,一位年轻的小伙子探出半个脑袋,问:"你们找谁?"

央金柔声地说道:"阿哥,我们能否借宿一晚?"

阿哥犹豫了几秒钟,看着我们两个凌乱的样子,面露难色。

央金说:"我们可以给住宿费。"

阿哥这才把门打开,叹口气说:"你们跟我来吧,我既然答应了你们,就不会要钱,我又不是开旅店的。"

我们将白马拴在柱子上,随着阿哥进了房间。

那晚上,我发现央金根本没有睡好,像热锅中的泥鳅,不断地翻腾着,吵得我也没能睡踏实,脑壳一点都不舒服。因为隔壁老阿妈的嚎叫声,不断地传了过来,让人心惊胆战。我叫央金去问阿哥是怎么回事?央金便去问阿哥,阿哥无奈地说:"自从他家阿妹病故后,他阿妈就变成了这个样子。如果不发病,她还是好好的,一旦发病就六亲不认了,喊打喊杀。"

我们这才明白,为什么阿哥听说我们要留宿,竟是那样犹豫。

>>> 盛开的狼毒花

　　当金色的阳光铺满雪地时，我们骑着马已经走在了路上。几处薄雪被马蹄一踩，便钻到草地里去了。我知道她很兴奋，因为还有短短半天时间，她便能见到白杨了。这时，她抬起脑壳，鞭子一扬，白马在我前面加快了速度，向着一望无际的雪山驰去。

　　阳光虽大，天气依然很冷。我看到央金把藏袍紧了紧，双腿夹紧马肚子，似乎这样才觉得暖和些。由于连日的奔波，我发现央金脸上的红苹果，已经由红变黑了，皮肤也变得粗糙起来。我脸上的红印子，逐渐也变得黑了起来，并且，有脱皮的现象，我暗暗着急，这个样子怎么得了，见不得人嘞。哎呀，都是央金这个害人精，不然，我的脸还算白嫩的，我在心里暗暗地骂道。

当然，央金不知道我心里的想法，竟然悠悠地说道："我不知道当白杨看到我时，会有什么样的反应，他会跑过来抱我吗？然后，用那双坚硬而温暖的手掌，摩挲着我这又红又黑的脸颊吗？"我笑着说："到时候你就知道了。"

不得不说，走在高原的雪地上，你就是雪山的大王，没有人打扰你，也没有动物袭击你。你可以放声大哭，或滚在地上大笑，都没有人嘲笑你，没有人在意你。你死了，或活着，都与别人无关。这真是一个放飞心灵的好去处，也是一个洗涤灵魂的世界。

我们到达白杨那里时，已是晚饭时分了。微弱的灯光掩映在树林中，即便这样，我们也感到特别温暖。央金说，她一下子变得极其疲惫起来，突然想美美地睡一觉。

我说："你是想白杨累的。"她白了我一眼，喜悦的神色情不自禁地流了出来。

她走进哨所去打听，军官模样的男人操着流利的重庆话告诉她："白杨已于两天前，被派去执行秘密任务了。"央金听罢，一种严重的失落感陡然升起，脸色变得沉重起来。

这天晚上，我们被安排在白杨的宿舍，央金无声地闻着男友留在枕头上的味道，默默地掉泪了。我明白，这泪水中有思念，有担心，也有期盼。高原的风很霸道，只要有点空隙，它们便会强势地闯入别人的领地，不管你是否高兴，是否需要，它们都会在你的领地里横冲直撞。此时，央金对我说，她担心的不是风，而是在执行秘密任务的白杨，他知道自己会来吗？他是否有预感呢？整个晚上，央金都在反复地问我这些问题，而我又哪里知道呢？央金见我不说话，于是，便盯着天花板。而且，她产生了幻觉，说她看见白杨从天花板上出现了，然后，轻轻地躺在她身边。有时候，她说她脑壳里突然有种奇怪的想法，祈祷夜风把她的白杨送回来，或者，把她带到白杨身边。

哎，折磨人的爱情啊。我很累了，顾不得那么多了，不知道什么时候睡着了。

第二天，央金早早地就把我叫起，说要我陪她再去问问。央金急切地找到了那位军官，询问白杨何时回来。军官欲言又止，我便隐约地觉得，军官有什么事情瞒着她。但是，具体是什么事情，我们哪里又知道呢？此刻，我感觉她的心情也如高原的风一样，既感觉寒冷，又居无定所，像飘荡的灵魂。在等待白杨的时间里，央金实在无聊了，便骑着白马在哨所周围转悠，始终没有回家的想法。我又不好催促她，其实，我心里也很不好受。她千辛万苦地来到这里，没有见到白杨，她心有不甘。我猜测，像如此地等待下去，央金的心里肯定变得空荡荡的了。

又过去了两天，那位军官看到我们并没有离开哨所的意思，便有点坐不住了。于是，在午后的时候，他终于敲开了白杨的宿舍，问道："女娃娃，在这里还习惯吗？这里可不比内地，天气太冷了，伙食也不如内地。再说，白杨一时也回不了，你有什么打算？"军官看着央金，满是怜惜的样子。

央金用手扯着快要脱落的指甲，从喉咙里挤出一句话："我还是想见他一面，你不知道，我费了多大的工夫，才来到这里。别人是坐车，我和她可是骑了好几天的马。"

那位军官叹口气，声音低沉地说："本来，我不想告诉你的，白杨在执行任务的时候发生了雪崩，虽然捡回了一条命，双腿却已经冻坏了，进行了截肢手术。而且，白杨再三叮嘱我，不要说给你听。他说，也许你过几天就会回去的，他不想拖累你。"说罢，屋里突然没有了声音，军官的话仿佛都被风吹走了。

听到这个消息，我的脑壳也懵了，不知如何安慰央金。

央金突然哇地大叫起来，把那位军官吓了一大跳。随即，撕心裂肺的哭声，在高原上空久久回响。可是，回应她的只有呼啸的风声，以及雄鹰尖锐的叫声。我想，难道它们也感受到了央金的痛苦吗？

望着痛哭的央金，那位军官也湿润了眼眶。这个坚强的汉子，再也控制不住自己的情感了，一把拉过央金，轻声说："你要哭，你就靠在我肩上哭吧，等到你心情平静了，我再安排人送你回去。"

央金说什么也不愿意回去，她说她要跟白杨在一起。即使他残废了，她也要永远地守着他，爱他，直到生命终结的那一天。然后，央金看着我，对着军官说道："你安排人把我这个朋友送回去吧，我就感激不尽了。"央金说罢，带泪的红眼睛看着我，说："华嬢嬢对不起，我不能陪你回去了，希望你能理解我，以后，还会有机会相见的。那匹黑马就送给你了，你好好地养着它，看到黑马就等于看到了我。"

此时的我，也是泪水涟涟，我既舍不得央金，又被她执着的爱情所感动，我们紧紧地抱在一起，哭得天昏地暗，哭得军官唏嘘不已，又是摇头，又是叹气。

第二天，那位军官派一个年轻军人送我，央金执意要他骑自己的白马，还说，是白马陪同华嬢嬢来的，一定要它陪着华嬢嬢回去。

从此以后，我也不明白是为什么，我再也没有见到骑白马的央金了。

>>> 在挖虫草的日子里，最难熬的是晚上，电肯定是没有的，星星和月亮
就是他们高悬的电灯。

零叁篇

「挖虫草」

高原是神秘的，那终年不化的雪山，便是最好的见证。高原也是富有的，它有虫草、雪莲花、野生菌、松茯苓、马鹿茸等名贵特产。像珍贵而稀有的虫草，九十年代的价格每斤为一万多元。据说，现在的价格，已经卖到差不多每斤十六万元了。当然，这是指那种最好的虫草。

　　夏初的理塘县城，竟然跟湖南的冬天一样，气候寒冷，人们需要穿棉袄或长大衣。当时，好像羽绒服还是比较少有的，至少，我没有听说过。可能是藏族老乡腰包里的虫草，吸引着我们这些来自湖南的老乡吧，因此，于某一天，不知是由谁提议，说要去附近的山上挖虫草，发一笔老财试试。那种口气，好像无数的虫草已经摆在他面前。这个发财梦的提议，立即得到了大家的呼应，呼啦啦就围上来了十几个老乡。他们摩拳擦掌争着前往，好像是去山上捡钱，也似乎比大家开店铺更来钱。所以，老乡们无不充满了兴奋与激动，以及一种莫名其妙的紧张。

　　其中有个清瘦的老乡，姓唐，穿中码衣服，衣服却似乎能够把他瘦小的身体像包小孩般包起来，让人感到十分滑稽。他刚开口说话要跟着去，其他老乡便大声抗议，你这个干巴猴子，还是不要去吧，如果被风卷到了雪山上，我们负不起这个责任啊。再退一步讲吧，假如没有被风卷走，经过几天野人般的训练，你回来如果不能跟老婆那个了，又怎么得了呢？虽然这个忙我们男人都想去帮帮，不过，也只敢想想而已。

瘦子老乡一听，急得大声说道："你们这些没良心的，要不，现在你们就把你家里的老婆喊来试试，看我行不？"说罢，憋红的小脸和凸起的青筋，在激烈地较量着。大家看到他这副滑稽的样子，都咯咯地笑个不停。有人嘲笑说："这是在高原上啊，你那个瘦小的身体奈得何吗？"

十几个老乡议论纷纷，权衡利弊，经过慎重考虑，几轮淘汰，最后决定去挖虫草的仅有五个人。于是，这五个人赶紧回家准备酥油茶、糌粑、压缩饼干等食物。有个姓顾的老乡很搞笑，不但带了一床大花被子，甚至还带了一只狗熊玩具。当然啰，还要准备小挖挖。小挖挖是铁制的，约三寸长，套着一个木把把——这是挖虫草必不可少的工具。

近处没有虫草可挖，需要走几十公里的山路，这对于五个充满好奇心的老乡来说，并不显得路途漫长，因为远处山上的虫草在吸引着他们，因此，他们的步伐充满了信心，似乎要发一笔老财回来，然后，关闭店铺，回到湖南老家去过安生的日子。路边的无数色彩斑斓的格桑花，还有一大片一大片嫩绿的青草，还有成群行走，或停留的牦牛，以及在天上高高飞翔盘旋的雄鹰，无不吸引着他们的眼睛。是啊，在海拔五六千米高原上的这种美景，并不是人人都能够享受到的。仅仅是高原上的那种辽阔，那种寂静，那种高远，甚至那种粗犷，真是让人的内心感到深深震撼，让人感到大自然巨大的魅力。他们走走停停，有说有笑，像走在平地上的游客，脸上绽放出格桑花一样的笑容。在他们向山上行进的过程中，不时有藏族老乡从身边路过，将一阵阵浓烈的酥油香味，慷慨地留给了他们。

由于是初次挖虫草，没有任何经验，所以，他们到达目的地大半天，都不曾看见虫草的影子。他们像陌生的来客，面对这埋藏着的宝物束手无策。难道是虫草们认生吗？不愿意让这些陌生人看见吗？那么，它们到底藏在哪里呢？

当然，这五个男人也不灰心，于是，学着藏族老乡的样子，个个匍匐在地，慢慢行进，像刺探军情的侦察兵。他们睁着一双双大眼睛，像扫雷器一样，在草丛里扫来扫去，生怕错过任何一次捕捉"地雷"的机会。这也难怪，谁叫虫草这么珍贵呢？要知道，一根成年的虫草，需要历时三到五年方能长成，的确颇为不易。还有的老乡缺乏经验，明明看到虫草了，又认为是普通的草，谁料刚一转身，就被有经验的藏族老乡挖走了。看到那一根根黄褐色的饱满的虫草，最终落在了别人手里，他只得摇头叹气，自嘲地说："哎呀，这就像那句俗话所说的，喝稀饭都要拜师父啊。"想想，又莫名其妙地把矛头对准同伴，说道："你们以为是在捉家中菜园里的虫那么容易吗？"

他们曾经听藏族老乡说过，这个"虫"可不容易捉，看到了它就要紧紧跟住，一不小心，它就会消失在你的眼皮底下。

老乡们都是新手，装备不齐不说，又没有任何经验，怎么能跟藏族老乡相比呢？所以，老乡们心里还是没有太多的抱怨。要知道，藏族老乡是做了充分准备的，他们拖家带口，带着帐篷被子等生活用品，要在几千米的山上生活个把多月，其中的艰辛，是可想而知的。就说煮饭的锅子吧，也必须是高压锅。高原上的气压很低，一般的锅子是煮不熟饭的。至于烧火的燃料，倒是有随处可见的干牛粪。这些散发着淡淡臭味的干牛粪，在藏民眼里却是个宝，因为它既能用来烧火做饭，又能取暖。也许是久闻不知其臭吧，抑或是习惯使然，他们并未感到用干牛粪烧火有何不妥。恰恰相反，他们都感到很满足很幸福，仿佛在那明亮的火光里，蕴藏着未来无数的希望。

　　在挖虫草的日子里，最难熬的是晚上，电肯定是没有的，星星和月亮就是他们高悬的电灯。寂静而又神秘的高原上，最动听的应该是那些此起彼伏的鼾声，因为鼾声里有他们的梦想，有他们的笑容，更有一家老小所有的希望。

　　那些散落在山上的帐篷，似是棋盘上的棋子，五颜六色，在夜色中发出微弱的光芒。它们又像是天上的星星不慎掉落人间，那虚弱的身体，似乎急需获得营养的补给。而那些隐藏在杂草中的狡猾的虫草，便是它们的救命稻草。

　　由于山上的植被很多，颜色也非常接近，有时候呢，还会飘下漫天雪花，因此，挖虫草需要特别尖锐的眼力。虫草呢，便像那些狡猾的发小，在跟你玩着捉迷藏的游戏，忽一下出现了，忽一下又不见了，让你无可奈何。

>>> 花海

　　当地学校每年都要放虫草假，这恐怕是别的地方所没有的吧？之所以要放虫草假，一是牧民们要举家上山，没人照料上学的孩子；二是虫草露出的头很小，孩子们的眼力清澈，所以，他们的收获比成人要多。因此，藏民中挖虫草者，多是七八岁的小孩，或二十多岁的年轻人。每每有了稚嫩的欢呼声，那肯定是他们收获到了虫草。至于那些年纪大的人呢，趴在草地上，因体力和眼力所限，可能一天也挖不到几根虫草。所以，他们脸上经常泛出沮丧的神色。你看看，藏民们尚且如此，那么，作为新手的老乡们很难挖到虫草，也就不足为奇了。

　　悄悄地告诉你们一个秘密吧，这种珍贵的虫草，它们主要分布在高山草地，灌木带之上和雪线附近的草坡上。

也就是说，高原是虫草永远的家。像这些外地的老乡们，休想轻而易举地把它们带出家门，带出那个寒冷寂静的地方。若不愿意付出某些代价，是不可能收获它们的。所以，一天下来，老乡们累得筋疲力尽，腰酸背痛，喊娘叫爷。有的竟然两手空空，一根虫草都没有挖到。有的呢，算是比较有收获的，也只仅仅挖到两三根而已。老乡们望着这苍茫大山，不由惊呼道，我的娘呀，这个虫草也太难挖了吧？

大家坐下来吃罢干粮，透明的星星就渐渐地爬上了雪山。它们是那么和谐，简直像一家人，发出的光芒有惊人的相似。雪山下面是一座火山，真可谓冰火两重天，跟五个老乡的心情一样。他们闲扯一阵子，包含了沮丧或鼓动的话语，这些话语在空中还没站稳，便被夜风呼地吹走了。紧接着，累了一天的他们，便进入了梦乡，在梦中继续挖虫草。有人居然发出格格的欢笑，想必是梦到自己大有收获了吧？至于花被子里面的人，则发出均匀的鼾声，似乎是大山的某根琴弦，发出阵阵悦耳的音乐。唯有艳丽的格桑花，还在风中无声的摇曳，好像在说，你们就安心地睡觉吧，我在为你们望风哦。不知道此时的虫草们睡了吗？它们睡得安宁还是不安？是否并不担心自己被人挖走？还是忧心忡忡？不过，在这些"猎人们"的一整天的围攻下，它们应该也疲惫了吧？可能都躲在某些静静的角落里喘气吧？

雪山看着很近，其实很远。

老乡们带来的水已经喝完了，便怔怔地望着对面的雪山发呆，他们难道想以雪化水解渴吗？当然，想法是不错的，可是，真正实施起来就相当困难了，因此，只得望雪兴叹。他们都在苦苦地思索着，到哪里去搞水呢？没有水喝，继续挖虫草就是一句空话了。

他们在山上寻找水源，像五个地质勘探人员，行走在无人区，带着绝望悲观和疲惫，寻找生命之水。时间过去了半天，他们哪里看到水源了呢？一滴水也没有。他们难道要打道回府吗？

"这里有水！"突然，那个姓唐的瘦老乡，像发现新大陆似的尖叫起来。

"在哪里？在哪里？我们怎么没有看见？"眼睛们顿时睁大了，像一粒粒牛卵子。

唐姓瘦老乡伸手朝地上一指，大家一看，哦，原来所谓的水源，竟然是牦牛脚印里的水。大家的目光中透出希望，而且，顾不得是否干净，个个卷起袖子，急切地捧起来就喝。大家边喝边大发感慨，这些牦牛脚印做成的杯子，真是罕见啊！我们要感谢牦牛，要感谢牦牛的主人，还要感谢牦牛的脚印，不然，我们这五个人恐怕就要自行天葬了。话虽然说得有点夸张，的确也符合事实。

这时，天上的雄鹰振翅飞过，不仅划出优美的弧线，还间或哇哇几声，好像在为他们找到水源感到高兴吧。雪白的云朵和雪山上的雪，已融为一体，极目远眺，实在分不清哪是云朵哪是雪了。

又有高亢的歌声随风飘来，那是一首很好听的藏语歌曲。歌声穿过雪山，穿过云层，穿过黑压压的牦牛群，恣意而粗犷地在高原上回响，久久也没有消失。歌声似乎占据了整个天地，分明可以看见一个个音符在天地间不断地跳跃，旋转。山下面，那些转着经筒的阿妈，一排排慢慢地走过，时间像在她们脚下停滞了。这些虔诚的阿妈，每

>>> 人生就是不断寻找的过程

走几步便跪下，以头磕地，嘴里喃喃地念着经文。阿妈们念经的声音，又何尝不是歌声里的部分呢？

看到此景，听着歌声，老乡们顿时都滋生出回家的念头，虽然收获不多，也恨不得立即回到温暖的家里，抱着亲人，静静地倾听那多声部的歌曲。可是，大家都是架起大势到山上来挖虫草的，因此，又心有不甘，甚至还担心别人笑话。于是，大家又鼓起勇气，睁大眼睛，仔细地挖起虫草来。他们的脸庞被寒风吹红吹痛了，管它的呢，还是挖虫草要紧。衣服弄脏了，剐坏了，管它的呢。虫草对于他们来说，具有一种强大的诱惑力。况且，这种诱惑力既含有新鲜的成分，又富有某种刺激性，他们毕竟是第一次上山挖虫草。再说吧，反正大家都是卖衣服的商家，用不着担心没有衣服穿吧。所以，在此后的两天里，他们或多或少都有了一些收获。

那个姓唐的老乡，人的确是蛮瘦的。可是，人瘦并不等于屁股瘦啊，他的屁股可是浑圆而结实的。挖虫草时，他把身体的前半部分紧贴着地面，屁股便翘了起来，一挪一挪的，就像一只负重前行的蜗牛，人们只能看见他那南瓜般圆圆的一坨。正当他集中精力寻找猎物时，突然走来了两个藏族老乡，围着他盯着的杂草堆。那个姓唐的瘦小的老乡，立即警惕起来，这说明这里面有货。那个瘦老乡想，我可不能让快要到手的猎物，被别人轻易地挖走了。这时，只见他迅速地摆动浑圆的屁股，左一下，右一下，像在表演卧式迪斯科。两只手像游泳一样，奋力地向前爬行，边爬行边甩动浑圆的屁股。所以，他给人的感觉是，屁股上的两坨肉随时会抖落下来。这种精彩而卖力的表演，全是因为虫草才得以淋漓尽致的展现。但是，藏族老乡并不明白这是怎么回事，还以为他突发疾病，于是，两人便用藏语叽里呱啦地说了一阵，然后，跑过来搀扶他。那个唐姓瘦老乡呢，也太有意思了，他以为藏族老乡企图把他架开，以便独享收获虫草的感觉。于是，他一边大喊，你们不要拖我，一边则奋力挣扎，搞得那两个藏族老乡一头雾水。他们一定在想，这个人怎么能够如此气愤呢？我们可是一片好心呀。

两个藏族老乡愣怔了几秒钟，便闷闷地走开了。那个唐姓瘦老乡暗想，哼，你们想跟我斗，没戏。别看我瘦，我的力气却不小。再低头看自己的双手，居然冻得绯红，像烧红的烙铁，手上的皮肤也被磨掉了几处。其实，他不看双手还好，一看便顿觉生痛。他用袖子揩了揩潮湿的眼睛，又继续挖虫草。

整个山上，不是挖虫草的人，就是成堆的牦牛。人和牦牛占据了整个大山。远远望去，那粒粒黑影，真的分不清楚哪个是人，哪个是牦牛。此时此地，他们和它们看起来是如此和谐，人与动物以及与植物的关系，是如此亲密无间。有的藏族老乡甚至打趣地说，我们也是牦牛呢，难道不是吗？牦牛找寻它们需要的草，而我们是在找寻草中的虫草。

其实，我在想，牦牛会不会把虫草也当成草吃了呢？极有可能。不然，它们强壮的身体，鲜嫩可口的肉质，哪是内地的菜牛能具有的味道呢？把牦牛加工成牛肉干，或是风干的牦牛肉，可是高原上特有的美味。据说，其销量十分可观。

四个老乡看到那个唐姓瘦老乡很久不见了踪影，于是，便焦急寻找，他们真的担心那个瘦老乡已经被风吹到山底下去了。在这陌生的高原上，氧气稀薄，风沙很大，加之天气又冷，这种担心是很正常的。于是，他们一边走，一边大声呼喊，瘦猴子，瘦猴子。回答他们的只有呼呼作响的风声。

瘦猴子到哪里去了呢？难道他也像虫草一样躲起来了吗？

久寻未果，他们已累得筋疲力尽，便躺在杂草上，书写着四个疲惫的大字。其中一个人说道："我早就说过吧，不要让瘦猴子来，你们看看，现在好了，人都不见了，回去怎么向他老婆交差呢？如果真的出了意外，我们也轻松不了。"另外一个人说道："呸呸，你这个乌鸦嘴，万千的好话不讲，尽说些让人心寒的话，哪个要你们坐在店里老板不当，偏要跑来讨这种苦吃。你们看看，手上受伤不说，还腰脚酸痛，像要断了似的，我可是从娘肚子里出来，都没有吃过这种苦。"说完，裂开干燥的嘴巴舔了舔，疼得哎哟哎哟地叫起来。还有人说："真不该来，他娘的脚，虫草压根就不是我们挖的，以后如果谁再说来挖虫草，老子要扇他的臭嘴巴。"

谁说不是呢？挖虫草最大的挑战，就是这种恶劣的环境。没有来过高原的人，谁能料到一天甚至可以过四个季节呢？那种变化真是让人措手不及。想来也是，要历时三五年才能长成的虫草，哪能轻易就让你们挖走呢？它长大很不容易，你们挖它就更不容易了。

那个唐姓瘦老乡，到底哪里去了呢？

其实，他们仅仅相隔一座山头。这大大小小相似的几十座山头，是很容易让这些新手迷路的。其实，那个唐姓瘦老乡迷路了，也在焦急地找寻四个同伴，像急于找到组织的迷路的士兵。由于连日奔波，吃没吃好，睡又睡不踏实，身心极其疲惫，他已经倒在一个山洼处不省人事了。等他醒来时，竟然有一头麻色的牦牛睡卧在他的旁边。而他呢，却紧紧地抓着牦牛的尾巴，像小时候抓住妈妈的头发一样。这种感觉是多么的熟悉而美好。那个唐姓瘦老乡心里一暖，顿时涌起一股热流，眼眶不由湿润起来。他真的不敢想象，这么寒冷的天气，晚上睡着了，即使不被冻死，也会被冻伤的。这难道是一头神牛吗？难道是老天派来救自己的吗？他立即双手合十，向着远方的扎嘎神山鞠了三个躬。此后，唐姓瘦老乡若再见到牦牛时，就像见到了久违的亲人，露出欣喜和感激之情，还要和牦牛来个亲密的拥抱。

一天又这样过去了，老乡们在各自的担心和纠结中，结束了难忘的夜晚。

犹如神助，当清晨的第一缕阳光照在山头上时，当牦牛发出响亮的叫声时，老乡们奇迹般的相遇了。他们你望着我，我望着你，竟然大笑起来，然后，紧紧地拥抱在一起，那种感觉，就像在战场上见到死里逃生的战友。

回来的时候，五个老乡简直像五个野人，而且，是高原上下来的野人，脸上居然有了高原红，衣裳脏乱不堪，加上灰蒙蒙的头发，这难道不像高原上的野人吗？特别有意思的是，他们辛辛苦苦挖到的几根虫草，已被他们吃掉了，好像要迫不及待地犒赏自己。他们仅仅带回来两根虫草，似乎是供我们欣赏的。我们便轮流观看，并且互相监督，生怕有人经不住诱惑，又把它们变成了"进口货"。当然，轮到我看的时候，他们是最为放心的，因为我天生怕虫，所以，并不敢细看，仅仅匆匆一瞥而已。因此，最后的两根虫草，究竟落到了谁的嘴巴里，我还真的不太清楚。我只知道，这五个老乡后来只要提到挖虫草，就不停地摇晃脑壳，似乎要迅速地忘记这次挖虫草的经历，忘记喝牦牛脚印里的水的经历。还有，"牦牛脚杯子"这五个字，也是他们最不愿意听到的。当他们每次说起，那个唐姓瘦老乡就会学着他们中的某个人假装呕吐，简直像孕妇，逗得大家哈哈大笑。

此后很久很久，若有老乡偶尔生出挖虫草的念头来，大家就要齐声吆喝，你立即去啊，山上有牦牛伺候，况且，还有现做的脚脚茶供你品尝。

　　时间流逝，岁月变迁。山还是那些山，草还是那些草，许多虫草依然庆幸地躲藏在杂草堆里。它们是否会被人挖走，那就要看它们的命了。可是，当年挖虫草的五个老乡，却不知道到哪里去了。

>>> 卓玛家是用石头砌成的房子，两层楼高，因外观很像碉堡，故称为碉房。

零肆篇

「我和卓玛」

高原的风是纯净的，如格聂神山上终年不会融化的积雪。高原的风是个魔法师，只需稍稍施展法术，人们的脸上就会出现两个红苹果。那年，我被一阵风吹到了有"草原明珠"之称的理塘县。

　　当第一缕阳光照到市场里的菜棚子上时，卓玛就会准时来敲我的卷闸门。她在市场的大门边摆摊卖东西，主要出售虫草、核桃、苹果等。除了虫草是用尼龙袋子装着的之外，像核桃和苹果什么的，都是用大麻袋一袋袋装着的，足足有半个多人高。为了图方便，她每天就把东西寄放在我店里，常常是她把东西拿走了，我的店里还弥漫着阵阵苹果的清香味。那种香味和一般的苹果有所不同，是种沁人心脾的香，有雪山和格桑花的味道。以至于到现在，我还能想起它的味道来，它总是在某个时刻突然就散发出一阵芳香，让我陶醉其中。

　　市场大门边，摆摊的人很多，除了吃的，还有穿的和用的。卓玛的摊子和卖毛帽子的藏族老乡的摊子挨着。每次我去那里，卓玛就知道我是去看狐皮帽子的。她总是微笑着说："你要是戴上狐皮帽子，还真的像个'小狐狸精'，你难道就不怕猎人把你当成狐狸猎了去吗？"还不等我回答，卖帽子的藏族老乡抢着说："她每次看来看去的，又不买，我这顶狐皮帽子上的毛，都被她摸走了，总有一天，这顶狐狸帽子只会剩张光秃秃的皮了。"卓玛一听，赶紧对她的老乡说道："这个湖南妹妹和我是朋友，让她摸摸没事的，要是真把毛摸掉了，我这里有虫草，到时送给你一点。"卖帽子的藏族老乡听卓玛这样一说，脸上顿时露出喜悦的笑容，赶紧把狐狸帽子往我身边一挪，态度也缓和了很多。

我最喜欢那顶狐狸皮帽子，金黄色的皮毛，在阳光下散发出温暖的光芒，看见它就让人有种想买的欲望。我忍不住用手轻轻抚摸，那种细滑舒适的感觉，就像婴儿娇嫩的肌肤。虽然，它现在只是一张皮毛，我却感觉到它是一只活的狐狸，皮毛在风经过的时候，是那样的鲜活，好像还有肉体在微微颤动。它的眼里有雪山和碧绿的湖水，它的世界是纯净的，是人类无法想象的，它所喜欢的东西，人类也喜欢。所以，每次买菜路过的时候，我总要看上几眼。我却舍不得买，不是因为它的价格有点贵，是害怕戴上狐狸毛帽子，老乡们会开玩笑骂我是"狐狸精"。以前听说有个女老乡买了狐狸毛的帽子，可能是老乡玩笑开得有点过火，那个女老乡生气了，两人还因此骂了一架，好久都没有说话。不过，最主要的原因，是我怕见到狐狸帽子上的那双眼睛，看到它，我就会有种心痛的感觉。

说起来，我和卓玛相识也让人难以忘记，确切地说，我是捡到了一个朋友。记得一年前的那个清晨，我刚打开门，就看到她坐在我的店门口，头发凌乱，脸色苍白，身子瑟瑟发抖，整个人看上去极度虚弱。用我们内地的话说，就是像个"毛癫婆"。看她这个样子，我不由生出恻隐之心，连忙招呼她进屋来，我倒了热水，又把电炉子打开。这才用藏语和她聊了起来，才得知她刚生下小孩。我听罢，感到很惊讶，如果不是有什么特殊原因，我们家乡的妈妈们生产完之后，是要坐月子的，有的还要坐上四十五天才算完事，并且，还要有专人悉心照料。如果未满月还不能去别人家串门。

卓玛却说："她们这里是不需要坐月子的，生产完就可以出来。"我赶忙往她的热水里加了些白糖，她感激地冲我笑了笑，脸上的红苹果顿时就显现了出来，在电炉子的映照下格外引人注目。

此后，卓玛常常来我店里买东西，如衣服和鞋子什么的。一来二去，我们就成了无话不谈的朋友，如果遇到语言障碍，我们就相互打手势。令人好笑的是，有次她说把小孩带来了。我左看右看却没有看到小孩，但是，小孩的哭声我却真切地听到了，我感到非常奇怪，人到底在哪里呢？难道卓玛是骗我的吗？难道她有什么魔法吗？

她看见我疑惑的目光，便把手伸进怀里一掏，竟然就掏出一个小女孩来，小女孩白白的，软软的，浑身上下没有挂一丝纱，清亮的大眼睛望着我，好像在说，你给我穿件衣服好吗？我好冷。

哦，这原来是个裸着身子的小女孩，头发黑黑的，自然地卷翘着，看上去黏黏的，好像从来没有洗过似的。卓玛说，她们一般很少洗头发的，还说她的衣服很厚，里面全是羊毛，小孩放到里面是不会感到冷的。又说，她们的衣服很肥大，一般的东西都是放在怀里，只要放得下，这样就省去提包包的麻烦了。如果买什么东西时，就直接从两座"山峰"处摸一下，钱就像变戏法似的，一张张地跑了出来。哦，我终于明白了。不过，不给小孩穿衣服，我还是难以接受，所以，我赶快拿了件小毛衣给她，示意她给孩子穿上。

我来到理塘的日子过得好快，等下次她再来我的店里时，已是几个月之后了。我一看，她的眼睛却是红红的。我惊讶地问她怎么回事，她抽噎地告诉我，她的老公想多赚点钱，让她们母子生活得更好，在山上采青冈菌的时候不幸摔死了。山上极其寒冷，海拔又高，氧气稀薄，尸体都很难找到。卓玛说罢，一脸忧伤，我却不知用怎样的语言安慰她。她说，青冈菌的价格是一百块钱一斤，就是开了花的菌子，也能卖到八十块钱一斤。如果换成现在的价格，少说也得两百多块钱一斤吧。青冈菌的价格之所以卖得这么贵，自有贵的道理。其一，天然稀少，野生且只来自青冈丛林。其二，珍贵难得，产期短且采集极其艰难。其三，香气芬芳，浓郁中带着清香。其四，无论是味道还是品质都可以与松茸媲美，有"菌中之王""山中之珍"之美称。并且，它还有很多功效，如主治眼目不明、能泻肝经之火、散热舒气。一般都是用来出口的，很难买到。听卓玛这么一说，我恨不得马上就能吃到这味道鲜美的青冈菌。可惜，我一直未能如愿以偿。

家里失去了主心骨，卓玛的天空一下子垮塌了。但是，逝者已去，生者还要坚强地活着。经过一段时间的调整后，卓玛的心情逐渐好转，在家人的帮助下做起了小生意。她很勤奋，为了有个好的位置，她早早地就起床来摆摊。可想而知，零下二十几度的温度，且滴水成冰，

赶早起来，是需要很大勇气的。

我记得刚到理塘时，住在离市场有点远的粮食局家属房子里。有次，卓玛来我家玩时，我刚好在洗衣服，于是，我招呼卓玛先到屋里坐下。我洗好的衣服，一边晾一边就被冻起来了，就像农村妇女做鞋时，需要粘的布壳子，硬硬的，居然还有点扎手。往往是这边刚刚晾好，那边的就硬在了那里，就算是出大太阳，我们也拿着它毫无办法。它就像一头倔牛，昂着不可一世的脑袋，在阳光下洋洋得意。天上的老鹰见了，还以为是某种美味，所以，不断地在我的头顶盘旋，一下俯冲，一下又尖叫着，扇动着硕大的翅膀，似乎要将我叼上天空。这时，卓玛闻声跑出来，对着天空喃喃地念着什么，她双手合十，那副虔诚的样子，就像我母亲烧香拜菩萨的时候。说来也怪，卓玛念了一阵子，那只老鹰竟然盘旋几圈后，大叫着噗地飞走了。我哪里见过这种阵势？吓得把盆子哐当一丢，立即就跑进了屋里。卓玛进得屋来，直笑我胆小。我说："我长这么大，第一次见过这么凶恶的大鸟，现在，我的心脏还跳得蛮厉害的呢。"卓玛说："他们这里有天葬，老鹰是他们的祖先，根本不用害怕。"

空闲时，我就到大门口卓玛的摊子上去玩耍。由于天气实在太冷，卓玛就在空地上烧起了一堆柴火，还不时地往里面加些黑黑的东西。卓玛说，那是干牛粪。难怪我闻着有种臭臭的味道。卓玛卖的核桃又大又圆，伸手往大麻袋里一捞，嗦嗦直响。我捞出几个大的，捡起地上的石块，三五两下，就把它砸碎进口了。卓玛看我这样喜欢吃核桃，马上用尼龙袋子装了一大袋给我，并且开玩笑说："晚上我把它们放在你家里，你可不能偷吃哦。""哈哈，放在我家里就是我的。"我说，"不吃白不吃，谁叫你的东西比别人的好呢？"我说是这样说，老实说，我可从来没有拿过她的东西。她惊讶地说："你怎么不拿呢？就当给你的寄存费。"我说："我们都是朋友，我怎么能要你的东西呢？"而她送给我的东西，那是她的心意。干牛粪的柴火越来越旺，我和卓玛的脸上，被烤得热乎乎的，绯红的脸，就像四个熟透的红苹果。只是卓玛麻袋里的红苹果，散发着天然的香味。而我们四个红苹果，由于干牛粪的熏陶，居然带着淡淡的牛粪味。火光中，我恍惚看见黑压压的牦牛，正向我们缓缓靠近，它们身披霞光，踏歌而来。

卓玛觉得我的汉语很好听，便要我教她说汉语，我觉得她的藏语好听，便要她教我说藏语，我们就这样互相学习，成为各自的老师。她说，扎西德勒，就是吉祥如意的意思，是祝福用语。这个还是很好记的，她教一遍我就学会了。就是数字不太好记，比如说一到十，我就只能凭汉字发音来记，那么，竟然就成了这样的了——鸡（一），妮（二），酸（三），宜（四），鸭（五），足（六），谈（七），急（八），个（九），焦炭吧（十）。

卓玛见我这样拗口地读着，简直笑得前仰后翻，捂着肚子半天也缓不过气来。旁人都吃惊地望着我们，不知道发生了什么事情。用藏语说一百，那就更好笑了，我仔细听，是"甲得碳吧"，我却硬是把它注音成了"嫁给他吧"。卓玛见我如此笨拙，无可奈何地摇了摇头，说："你要是喜欢就这样说，就这样说吧。如果藏族老乡听不懂，你再打手势'嫁给他吧'。"卓玛向我眨了眨鬼眼睛，坏坏地笑着。

轮到我教卓玛汉语时，我教的是湖南邵东话，比如说睡觉，我就说歇眼闭。我一连说了三次，卓玛始终睁大着眼睛望着我，不置可否。我又仔细大声地说了两次，眼呢是眼睛的眼，闭呢是闭上眼睛的闭，我把眼睛闭上示范给她看，那个样子，好像是眼里进了灰尘，然后，我又使劲眨了几下。这下，她才似懂非懂，半天才悠悠地吐出两个字"眼闭"。我以为她懂了，没想到她轻轻地说了一句："'歇眼闭'就是死了的意思吗？"我的娘哎！我说不是死了，死了就永远不会醒来了。"歇眼闭"就是晚上像死去差不多，白天呢，又会活过来的。搞了半天，又是做动作，说得我嘴巴翻白泡，她还是没有学会，看来，汉语也不是那么好学的。

大约是七八月的某天，太阳在蓝天上骄傲地挂着。风依然很大，把市场里的菜棚子吹得哗啦啦响，把牦牛肉的香味和蔬菜的清香，吹得满市场都是。当时，已经快九点了，卓玛还没来拿东西摆摊，平常一般六点多就来了，她到底发生什么事了呢？我在店里走来踱去，眼睛始终望着门外。片刻后，店里来了一个女的，穿着华丽的藏装，只是胸部和腰间的部位胀鼓鼓的，好像放了个快要爆炸的气球在里面。她的头发织成很多绳头大小的辫子，目测少说也有几十条牛尾巴那么长的辫子。每条辫子上，都用彩色丝带穿插着的，再精致地束于头上，中间用金银珠宝，以及玛瑙和蜜蜡点缀，整个头，看起来就像个珠宝箱。长而大的耳朵上挂着一大串镶满宝石的耳环，似乎稍微用力摇晃一下，那耳垂上的肉就会刺穿。我还从来没有见过这么隆重的装扮，便上前仔细地端详起来。

这时，卓玛忍不住大笑起来，说道："怎么连我都不认识了吗？你的眼睛生了萝卜花么？"这真是徒弟骂师父，这个话还是我于无意中教她说的。当时，我只是觉得有些面熟，但又不敢乱喊，这跟她平常的样子，那可是千差万别啊！

卓玛说："赶快收拾一下吧，我带你去赶坝子，那里可好玩了。"

我问："你家小孩呢？"

她神秘地指了指腰间。

我说："你们这带小孩的办法，可真是与众不同呢。"

她说："赶坝子也算是我们藏族一个很重要的盛会，所以，我早早地就起床收拾打扮，不然，早就过来喊你了。"

为了赶时间，我随手拿了件长风衣，就跟着卓玛急急忙忙地出门了。

广阔的草地一望无垠，绿油油的草和五颜六色的格桑花儿，迎风摇曳，好像也在为这次盛会鼓掌加油。我像一只饱受饥饿的狼，突然见到了美味的猎物，贪婪地吸吮四周的一切。坝子上三三两两的牦牛，正在悠闲地吃着青草，那专注的神情，连远道而来的客人，都懒得抬头看上一眼。阳光里的雄鹰，一只比一只飞得高，好像在比赛似的，它们也许也想趁着这次机会，好好地在人类眼前表现一番吧。只有远处的格聂神山不为所动，像尊巨大的菩萨，静静地看着这天下众生，把喜怒哀乐尽情释放，不管有多嘈杂，它始终默默地包容着这一切。雪白圣洁的外衣，经年不变，依然是那么的纯洁美好。其时，我多么想就这样静静地躺在格桑花丛里，只需轻轻地伸出舌头，就能够和格桑花儿接吻，如同和心爱的人接吻一样。我仿佛伸手就可以触摸蓝天，就能和雄鹰一起翱翔在整个草原。如果可能的话，我要在海拔六千多米的格聂神山上住一年，我不怕缺氧流鼻血，我不怕严寒，我要把尘世的纷纷扰扰全都忘却，洗涤灵魂，升华自我。

不远处，人声鼎沸，有马奔跑的嘚嘚声，有高亢优美的歌声，还有藏族阿妈们买卖东西时讨价还价的声音……我们不由加快脚步飞奔而去。只见一排排赛马严阵以待，披着红绸，像马上要出嫁的新娘。草地上插有小红旗，放有洁白的哈达。马背上健壮的康巴汉子，戴着狐狸皮帽子，穿着盛装，鼓鼓的腰包，随着赛马的走动不停地晃动着。

每个人的长靴子上，都别着精致小巧的藏刀，在阳光下发出耀眼的光芒。那感觉，那气势，坐在马背上真是威威武武，他们一双双如雄鹰一样犀利的眼睛，使劲盯着地上的猎物。原来，他们在比试看谁能快速抓住地上的猎物，而又能够第一个到达指定的终点。这时，只听得一声号令枪响，马背上的康巴汉子们，就像打了鸡血似的，策马奔腾。顿时，"狼烟四起"，有被绊下马背呻吟不止的，有拿不到猎物而憋红脸的。

突然间，一个个康巴汉子又像是拥有高超的盖世武功，在马背上表演各种高难度动作，时而翻下身来，一手拿着缰绳，整个身子，好像要从马背上掉下来似的，忽又翻上马背疾驰而去。和金庸笔下的侠客惊人的相似。没有多久，我们又听到了欢乐的口哨声，显然，是在庆祝"猎物"已经到手。整个场地，被穿着盛装的藏民们围得水泄不通，就算是蚂蚁也休想爬出去，因为草地早已被那一双双兴奋的大脚，震得地动山摇。这时，恐怕只有雄鹰能够自由飞翔了。

我和卓玛被阵阵欢呼声震晕了，彼此的说话声，淹没在欢呼声里，我们只好打着手势，像两个打哑语的人。终于熬到赛马结束，我们又被载歌载舞的藏族阿妈和姑娘们团团围住，她们每人脸上洋溢着喜悦的笑容，五颜六色的藏装，就像草地上的格桑花。我仿佛看见一朵朵格桑花在舞蹈，她们正在慢慢变大，变得让我满眼里都是花，红的、绿的、黄的，让我分不清到底哪里是真的格桑花了。

我问卓玛："她们的衣服怎么那样好看？"

卓玛说："你可别小瞧她们身上的衣服和头饰，一般的都要好几万，还有十几万的，甚至有达上百万的。你看她们的头发，那么多细小的辫子，要编好几天才能编好。"

"真是看不出来，这么贵，我还是头次听说呢。"我说："头饰我买不起，你下次帮我编好看的辫子吧。"卓玛说："想得美，好费时间的呢。"我说："你要不帮我织辫子，你的东西放到我店里，我每晚偷它一点，看你还敢放不？"卓玛狠狠地瞪我一眼，笑笑地说："帮你把辫子辫好，再帮你找个藏族老公嫁了，那样，你也就成了个藏族婆，藏族婆啰！"说完，卓玛大笑，笑得我浑身发酥。

走出包围圈，我和卓玛才不由长长地舒了口气。庆幸的是，卓玛怀里的小孩一直睡得很香甜，她可能已经习惯了这种感觉。刚开始，我还担心小孩哭闹会影响心情。这时，一位藏族阿妈一边牵着约八九岁的小男孩，一边转着经筒，嘴里喃喃地念着什么。那个男孩穿着喇嘛的衣服，衣服好像有点大，风一吹，整个人就被衣服完全盖住了。卓玛说，他们这里的人，把经文放在转经筒里，每转动一次，就相当于念一次诵经文。"哦，原来如此，我以前还在想，她们整天转着经筒，是为了锻炼手劲呢。"我又问："那小孩为什么这样小就当了小喇嘛呢？"卓玛说："他们这里，如果家里有两个或者三个男孩以上的，就要送一个去喇嘛寺，就连小孩的名字都是喇嘛取的。"她这样一说，我就明白了，难怪寺庙里有那么多的小喇嘛，原来都是这样来的。

回家的路上，卓玛碰到几个熟人，他们叽里呱啦地说着我听不懂的藏语，只看到他们一下子放声大笑，一下子又窃窃私语。我无聊地数着路旁的格桑花，一朵，两朵，三朵……就像刚刚离开母亲时，晚上心慌得睡不着觉数绵羊一样。过了一阵子，卓玛说要带我去她家喝酥油茶，还有那几个熟人。来了这么久，我无数次听说过这个酥油茶，却从未真正喝过，这正好可以去尝尝味道，所以，我欢喜得满口答应，卓玛也露出了灿烂的笑容。

卓玛家是用石头砌成的房子，两层楼高，因外观很像碉堡，故称为碉房。下面一层是牧畜圈和贮藏室，上面一层是堂屋、卧室和厨房。大厅里收拾得干净整洁，桌上摆满了各种美食，有像猫耳朵一样的糕点很香很脆，还有糌粑和其他几种我说不出名字的食物。卓玛说，酥油茶是他们这里的特色饮品，多与糌粑一起食用，有御寒提神醒脑、生津止渴的作用。她给我们每人倒了一大碗，他们一手拿着糌粑，一边喝着酥油茶，感觉格外的香甜和享受。我大着胆子喝了一口，感觉味道怪怪的。卓玛看我这个样子，知道我可能喝不惯，便赶紧抓一把耳片塞到我手里，说："这种饮品，是用酥油和浓茶加工而成的，你慢慢喝，你肯定会爱上它的。因为酥油茶的由来，还有个凄美的爱情故事。传说，藏区有两个部落，曾因发生械斗，结下了冤仇。辖部落吐司的女儿美梅措，在劳动中与怒部落吐司的儿子文顿巴相爱，由于两个部落历史上结下的冤仇，辖部落的吐司派人杀害了文顿巴，当文顿巴举行火葬仪式时，美梅措跳进了火海殉情。双方死后，美梅措到内地变成了树上的茶叶，文顿巴到羌塘变成了盐湖里的盐，所以，每当我们藏族人打酥油茶时，茶和盐便再次相遇。"卓玛说完，我发现她的眼角有泪珠滑落，她是为了茶和盐的相遇而高兴得落泪，还是想起在高山上捡青冈菌至今未能回家的老公而伤心落泪呢？看到卓玛这样伤感，我们便想方设法逗卓玛开心，所以，我突然想起那一百块钱的"嫁给我吧"，我连说了几次，卓玛终于笑了起来。我们都笑了，这笑声在寂静的夜晚传得很远，因为有风，因为有爱。

窗外，一轮明月悄悄地爬进屋内，它想做什么呢？

>>> 一别经年，不知道那个眼镜男人的妹妹，是否找到了自己的亲生父母？
她是否还会投入到养父母的怀抱？她是否留下了青春的照片？

零伍篇

「高原上的女人」

秀　姑

秀姑的店子开在我隔壁。

她店里卖的货物，跟我店里卖的货物差不多，只是我店里有一样货物，她那里是没有的。

是什么东西呢？

秀姑个子不高，大约一米五左右，圆圆的脸上，布满了雀斑。胖胖的身材，似鼓鼓的水桶。小小的眼睛，老是眨个不停，好像眼里进了蚊子，不眨便过不得样的。其实，人呢还是个不错的女人，就是小气得很，或者说，对自己极其舍不得。莫看她是个不大不小的老板娘，谁也不相信，竟然还穿着从老家带过来的旧衣服。旧衣服也就罢了，居然还是她家妹子穿过丢弃的。所以，穿在她身上，便显得特别的不合适，还让人觉得十分别扭。

一天，天气晴朗。高原上的阳光，永远是那样透明，晶亮。只是风沙有点大，似乎企图掩盖太阳的光芒。我便跟她去市场那头洗衣服。

我想，她年纪大些，那就让她先接水洗吧。

这时，我差点叫了起来，我的娘呀！我看到她正在搓洗的一条内裤上，竟然打了好几个补丁。

那是条鱼白色内裤，居然打了几个黑布补巴，前后各两个，像两副墨镜嵌在烂布上，格外显眼。

这是我从来没有见到过的。

我忍不住说："秀姑啊，你屋里的那些钱，难道要收着发霉吗？你怎么连条内裤都舍不得买呢？你怎么对自己如此苛刻呢？"

秀姑并无尴尬之色，甚至还笑着解释说："这有什么嘛，内裤穿在自己身上，别人又看不到的嘛。"

秀姑轻轻松松的两个"嘛"字，竟然把我梗住了。我想了想，才故意说："那你不能把戴着墨镜的内裤晒在我店门口，怕影响不好呢，别人还以为是我的内裤嘞。你不怕丑，我还怕丑呢。"

水哗哗地流进盆子里。高原上的水就是不一样，清澈，甘甜，白花花的水就像银子一样。这么好的水，秀姑居然洗着打上如此黑补丁的内裤，我便觉得有些太可惜了，是一种浪费，简直是有辱水格。

秀姑见我不作声，边洗边又高声地说道："永华，你是不知道哎，你姑父说了的，过一向他要给我买大金项链呢，有多大？大得挂在脖子上，压得人喘不过气来，人都站不稳嘞。"

我听罢，有点生气了，便讽刺说："秀姑，你就吹牛吧，他连条短裤都舍不得给你买，还会买压得人喘不过气来的大金项链吗？骗鬼呢，哪个相信啰！"

>>> 非遗——理塘藏绣

　　她见我不相信，似乎有点失望，便不再理我，低着头，认真地搓洗着那些破烂。洗着洗着，不知怎么了，秀姑竟然哭了起来，幸好流水哗哗的声音，盖过了她的哭声，不然，整个市场的人都会来看戏的。

　　我赶紧劝道："秀姑，你莫哭了，我不说了还不行吗？你以后就是把整条短裤都打上黑色的补丁，我也不会笑你的，好吗？"

　　这时，秀姑的耳朵好像聋了，似乎没有听到我的话，居然自顾自地说了起来。

　　她边洗边说："你不晓得吧，那时候，我结婚时只分了一间土砖房，家里真是一贫如洗。我的身体又不好，病痛缠身，做不得田土里的农活，全家的生计都靠着你姑父维持，每天走村串巷去卖锅子鼎罐。走到哪里天黑了，就在哪里歇下来。如果碰到心善的人，还能够借宿一晚。要不然，就在人家的猪栏边或牛栏边睡觉。冬天冷死人，夏天蚊子咬。他因为天天走路，脚板皮都快磨脱了嘞。人呢，瘦得像干猴子。你想想，一米八的个子，竟然还不到一百斤。要是风刮得大点，人都不知道会被吹到哪个哇爪国去了。你说，造孽不？"

听她这么一说，我眼泪都快要掉了出来，于是，我赶紧捧水洗脸，担心别人看到了会笑话我。

其实，时不时地便有藏族老乡往我们这边张望，不知道他们听得懂我们的话不？我想，阳光是听得懂的，因为它照遍了大地。至于风沙能否能听懂，我尚且不知。

秀姑一旦把话腔子打开了，居然像水一样哗哗地流出来，似乎没有了止境。

她说，还有更让她难受的一件事情，她那个读小学三年级的儿子，有一天问她要五毛钱买零食吃，她手里硬是没有。儿子呢，又偏偏不相信，硬是哭着喊着，追了她一条街。儿子一边追，还一边气呼呼地说，你到底给不给我？要是不给，我就不去读书了。五毛钱你都舍不得给我，等你老了，我才不会养你呢。当时，街上的人都望着他们母子，还以为是在玩猫捉老鼠的游戏。其实，只有她自己知道，当时的那种无奈和心痛，简直无法用言语表达。秀姑忧郁地说，那种感觉，她永远都忘不了。

>>> 芒康村牧女

　　洗罢衣服，秀姑似乎担心我数落她，并没有把那些破烂晒在我店门口，而是晒在比较远的地方。但是，我只要抬头，还是能模糊地看见她那堆破烂在绳子上左右摇摆，这让我很是心酸。所以，在一般情况下，我不会朝那个地方观望，我害怕一望，便会望出苦涩的泪水。

　　然后，她便喊我去她店里坐坐。我走进她店里，只见饭桌上摆着好几天前炒的青椒豆豉，青椒都已被风吹干了，幸好是在零下二十多度的高原上。如果在内地，那碗菜恐怕早已被蛆虫吃掉了。说真的，秀姑节俭是没有错的，可是，这碗菜你也得拿个东西盖着吧。再说，风沙这么厉害，菜里肯定落下了很多灰尘。所以，她有时喊我去她家吃饭，我一般都会找借口拒绝的。

现在，再来说说我店里才有的神秘货物吧。

其实，说来也并不神秘，那便是女性常用的文胸。这种东西跟内裤一样，在高原上是不好出手的。正因为如此，我只带了数量不多且质量较好的文胸，这既能方便老乡，又能给自己省钱。因为每次要去成都进货，一个来回需要好几天，是很麻烦的。

那天，秀姑忽然来到我店里，神神秘秘地对着我耳语："永华，你铺子里的那个内衣还有吗？我原来在老家地摊上买的那件五块钱的内衣，已经穿了好几年了，实在是不能穿了。"她眨着小眼睛，羞愧地对我笑了起来。

我有意地刺激她，说："你那件内衣烂了，还可以打几个补丁嘛，补得越厚越好，那会更加显得胸部丰满，你急什么嘛？"

她不好意思地笑了笑，脸上飞过一阵红晕，又把小眼睛对着我眨了几眨，求道："哎呀，分给我一件，好吗？"

我说："好啊，各种颜色的都有，你看上了哪件，我就送给你吧。"

她竟然没有说要拿钱买，对于这个，我还是很理解她的。

于是，我把内衣一一地摆放在她面前，像许多彩色的半圆气球。她似乎从来也没有看过似的，小眼睛居然不眨了，睁得老大，嘴巴惊讶地哎呀哎呀地叫了起来。她伸出双手，像抚摸珠宝样的，小心地摸摸这件，又摸摸那件，时不时地还拿到鼻子边闻一闻。

我终于笑了起来，说："秀姑，你这是在市场里买小菜吧？哪有像你这样挑选的呢？不过，我还是给你出个主意吧，你如果想打补丁的话，那就选黑色和蓝色的，打上补丁不会太显眼。"

她的耳朵好像又聋了，似乎没有听到我的话，然后，又自言自语起来："永华你说，现在的内衣怎么这么好呢？摸起来软软的好舒服嘞，比我身上的肉还要舒服些呢。仔细闻闻，还有淡淡的清香味呢。要是穿在身上，一个月不洗澡都没有异味吧？"

我刺激她说："像你这样的，只需要一天时间，它的香味就会被你吸完的。你竟然还说一个月不洗澡，想得美。"

试穿内衣的时候，她的声音又传了过来，"永华，你是不知道呢，我家阿婆娘前几年生病住院，我可是出了十万块现金的嘞，那都是红秧秧的百元大钞嘞。还有，去年他家五妹结婚，我还给她办了几万块钱的嫁妆呢。"她有点洋洋得意的味道，似乎对我的嘲讽是个回击。

我说："姑父家有兄弟姐妹八个人，你一家哪里要出这么多钱呢？每个人摊一点，岂不是更好吗？"

她解释说："他们的条件都不太好，负担又重，他们没有出钱，那就让他们出点力吧。"

我叹息地说："唉，难怪你小气得要命，这么舍不得，原来把钱都省着办大事去了。"

不过，我还真的佩服秀姑，她竟然能够把自己节约成这个样子，苛刻成这个样子。我想，世上这种女人恐怕不多吧？不过，一个连内裤都要打几个补丁的女人，我不知道她的男人该怎样想，她的男人未必就不知道吗？竟然如此怂恿女人这般节约吗？

对了，那天走的时候，秀姑把内衣像往坛子里放腌菜一样，使劲一按就按进了裤袋里，然后，向我眨眨眼睛，说道："又为你节省了一个尼龙袋子呢。"

哎呀，我的秀姑哎，我送给你的两件内衣，进价都要一百多块钱呢，难道我还会在乎一个尼龙袋子吗？

渐渐地，对于秀姑内裤戴墨镜以及穿旧衣服的事情，我也就理解她了，却还是为她感到痛惜不已。只是此后我再也没有说过她了。确切地说，应该是我很了解她了。因为每个人都有自己的生活方式，只不过有些人宁肯自己受苦受累，也要让家人过得好。秀姑便是这类人。

其实，我跟她虽然是亲戚，如果没有来高原做生意，以前也从来没有像这样真正的相处和了解。我想，大多数人应该都是这样吧，为了生活四处奔波，没有时间也没有精力，来过多地关注别人，所以，我们看到的都是事物的表象，而内心深处的那些东西，却是别人无法企及的世界。但是，在这个物欲横流的社会，我们恰恰需要的是对内心世界的关注。

很可惜的是，秀姑因病于早几年去世了。我参加了丧事，我哭得非常伤心。我在为一个对自己如此苛刻的女人而哭泣，我真是心痛不已。

现在，每每想起高原上那段生活，我便想起秀姑。想起她喜欢眨小眼睛的习惯，想起她在清澈的高原之水下面，洗着那条戴墨镜的内裤。

偷拍我的男人

　　时间像个小偷，把我的青春年华悄悄地偷走了。但是，当年偷拍我的那个男人，却把我最美好的记忆留在了他的相机里。当时，他曾经冲洗过很多相片送给我。其中，有我在店里做饭的影像，有我坐在小木凳上沉思的镜头，还有我看书时的安静。让我印象最深的，便是我跟两个英国人交谈时的微笑……恐怕有几十张吧。

　　高原的天空是纯净的，就像雪山上终年不化的积雪。高原的风也是极有魔力的，它总是能把一些意外的惊喜带给你。它不仅含有格桑花的味道，甚至还有牦牛吃草的声音。当时，我所在的市场里，所有的铺面都安装了卷闸门。晚上风大的时候，卷闸门便发出哗啦啦的响声，好似一个被追赶的无处可逃的人，在苦苦地向你求救。

　　高原上氧气稀薄，我们内地人刚去的时候，是极不适应的，脑壳痛是最正常不过的事情。当然，我也一样，但我感觉脑壳并不是很痛，就是晚上睡不着觉。总是觉得有人在跟我抢氧气瓶子，又像是有人拿什么东西捂住我的口鼻，使我呼吸不畅。此时的我，还感觉自己像一尾搁浅在沙滩上的鱼，张大嘴巴出气。由于缺氧的原因，我晚上总是睡得不太好，而疲倦却又促使我在凌晨时分沉沉地睡去。这一睡，便睡到了日上三竿的时候。其他铺面的卷闸门那开启的声音，和各种嘈杂的人声直击耳膜，令我睡意全无。

　　我只得无奈地起床打开店门。那样子，像个雇工在主人家做事，老是被人家催促，便心不甘情不愿。刚打开店门，太阳便匆匆地跟了进来，我把手遮在额头前看了看，明明有这么大的太阳，为什么我却感觉这么冷呢？难道这里的太阳是假的吗？那不可能。我仔细想了想，可能是它刚刚从雪山那里过来，浑身冒着冷气，像冰汤圆吧。我赶紧把电炉打开，红红的炉丝亮着，一圈一圈地盘在石膏模子上，便像一条有着环形花斑的蛇。由于上午来的顾客比较少，我便拿起一本书，心不在焉地看了起来。

不知什么时候，我竟然老是听到有种咔嚓咔嚓的声音。也是奇怪，店里又没其他人，这声音又是从哪里发出来的呢？我疑惑地抬头一看，原来店门口有两个说着四川话的男人，在窃窃地笑着。我看到他们时，他们便把脑壳埋下来，或者，假装望着远处的菜棚。

哦，我一下子明白了过来，可能是这两个男人在偷拍我吧。我又不敢确定，只得轻轻地问道："老乡，你们要买些什么东西吗？"

他们回答说："他们不是要买东西，是来拍我的。"

我一时还没有反应过来，眼睛便死死地盯着他们。

"拍我？我问道。我既不是明星，又不是名人，拍我干吗？你们赶快把底片给我吧。"

见我这样说，其中那个戴眼镜的男人，才坦诚地告诉我，他要拍我的原因。他戴着一副镶着金边的眼镜，和他精致白皙的脸很相配。整个人看上去，给人一种很舒服很干净的感觉。或许，是种书生气吧？我一直认为戴眼镜的人，都是有知识有学问的人。但是，我又觉得惊讶，那张有着浓浓书卷味的脸，却长了一对弥勒佛般的大耳朵，那吊

>>> 石刻馆里的孩子在学习石刻

着的铃铛肉，就像两个熟透了的桃子挂在树枝上，颤颤悠悠地，煞是好看。

他说，他们是四川南充人，自己是这个工商所的所长，他偷拍我完全没有恶意。他还指着旁边那个脸上有麻子的男人说，这是他的堂弟。

戴眼镜的男人继续说，十几年前，他父母在公园散步，突然，传来一阵哭泣声。听声音，好像是个女婴发出来的。声音清亮，柔和。他父母便循着声音的方向找了很久，终于在公园的长凳上，发现一个用摇窝被包着的小孩。大约六七个月的样子，小脸因为哭泣而变得通红，泪水像一条条小蚯蚓在脸上爬着。他父母心疼不已，是谁这么粗心大意呢？居然把小孩扔在这里不管呢？但是，他们又担心其父母找不到小孩而着急，所以，他们一直等了两个小时，始终也不见有人来认领。夜色渐浓，他们只得先把小孩抱回家再说。

回到家，他父母打开摇窝被的那一刻，只见一张纸条飘落下来，上面是几行娟秀的字迹：请好心人收留我的孩子，我是一个在读的大学生，实在无力抚养小孩，跪谢！谢雨濛。

没有年月日，没有具体地址，只有这简单的几行字，就可见那位年轻母亲的无奈。纸条轻飘飘的，却好像是个铁球，直接砸进了他父母的心里。他父母很犹豫，收留吧，他们自己也有两个小男孩，负担也很沉重，如果凭着教书那些死工资，要养活三个小孩是很为难的。把她送走吧，又于心不忍，遇见也是一种缘分吧。小女孩白嫩的脸，像剥了壳的鸡蛋，诱人得很。考虑再三，他父母最终决定收留这个小女孩。

他父母把小女孩当成亲生女儿一样养着，两个哥哥也待她如亲妹妹一般。日子一天天过去，小女孩渐渐地长大了，长成了一个活泼可爱的少女，脸上终日荡漾着微笑。她的美是一种天然的美，令人极其舒服，让人觉得极为亲切。

相机吊在戴眼镜的男人的胸前，他抽着烟，说："突然有一天，这个女孩把自己锁在房里大哭，说她是被亲娘抛弃的孩子。"他父母怎么劝，她也不走出房间一步。他父母想，她肯定从哪里听到了这个信息，因为这种情况最终是瞒不住人家的。世上有许多这样的人家，最终只得忍痛割爱。总之，任凭他父母如何解释，她也不听。于是，在某天的清晨，她留下了一封信悄悄地走了。信上说她要去找亲娘，要亲口问问她，为什么把她生下来，又要把她抛弃？为此，他父母大哭一场，他们实在舍不得她突然离开啊。

眼镜男人说完，泪水涌上了眼眶。他把眼镜取下来，擦了擦泪水。我听罢，半天不语，我已被他们家人的善良和大爱所深深感动。

为了打破这种沉默的气氛，我疑惑地问道："这跟你偷拍我，又有什么关系呢？"

眼镜男人重新把眼镜戴上，说道："你有所不知，你和我妹妹长得很像，相似度起码达到百分之九十八，我不相信世界上竟然有这么相像的人。"他说罢，担心我不相信，又说："我没有说一点谎话，如果我说了谎话，我就毫不犹豫地朝雪山走去，永远地留在那里。"他指着远处的雪山说。"雪山发出晶莹的光芒，没有一点瑕疵。"

我听完笑了起来，世界上竟有如此相像的人吗？我说："我相信你说的话，不过，那还有两分不像，你说说看，区别在哪里呢？"

他神秘地一笑，不再言语。于是，我也便不再多问了。

眼镜男人接着说："哎，底片你还要吗？我所里还有很多，其实，我已经偷拍你好几个月了。"

"是吗？哎呀，难道这么长的时间，我居然都没有发觉吗？这也太可怕了吧。"

他见我脸上泛出惊讶的神色，便解释说："在一般的情况下，他都是趁我做事的时候，或没有注意的时候才偷拍我的。之所以要如此偷拍，一是你的神态自然一些，二是他担心被我发现，引起不必要的尴尬。"

可能是想要掩饰自己偷拍我的慌乱心情，这时他又取下眼镜，用手擦了擦，可能是觉得没有擦干净，又对着镜片哈口气，重重地擦了几下，好像镜片上面黏着刚刚吐出的泡泡糖似的。然后，他面带笑意地望着我，小声说道："你可能不会想到，你不同的姿势和表情，都进入了我的相机，并且，已深深地印在我的脑海里，当记忆的闸门一旦打开，它们便奔涌而出。其实，我明明知道，你只是和我妹妹长得相像而已，但是，我还是控制不住经常来偷拍你。也许，在我内心深处，我已经把你当成了我的妹妹。"

我笑着说："不过，你偷拍的功夫还没有达到境界，你到底还是被我发现了。"

他听罢，便不好意思地笑了起来。

从那以后，他便把偷拍的偷字去掉了，竟然正大光明地拍起我来。只要他有时间，便来帮我拍照。那咔嚓咔嚓的声音极其清脆，像冰块被砸碎的声音，在湛蓝的天空上传得很远。我希望那些声音飞到巍峨的雪山上，让千年沉默的雪山，能够倾听到这种欢乐的声音，不至于陷入永远的寂寞和孤独。

于是，我开玩笑说："哎，你帮我拍了这么多照片，到时候，如果拿去参展获奖了，奖金可要分我一半哦。"

他笑着说："那当然，那当然。要是获奖了，奖金全部给你。"他笑得是那样的真诚，从眼镜里透出来的光芒，像高原上的太阳一样，透明，纯净。

很可惜的是，至今我也不晓得他姓甚名谁，当时，我只用"哎"字来称呼他。我觉得，这是对他的一种不尊重。更让我遗憾的是，他帮我拍的那些照片，因为几度搬家，居然都不见了踪影。仅存的两张照片，又因为保存不当，已经被水侵袭而变得模糊不清了。是的，我的青春已经模糊了。

　　一别经年，不知道那个眼镜男人的妹妹，是否找到了自己的亲生父母？她是否还会投入到养父母的怀抱？她是否留下了青春的照片？如果今世有缘，我倒是很想见见这个跟我极为相像的女孩。

>>> 或许，对于人生来说，很多人事都是暂时的，偶然的，但是，那份心中的爱却是永恒的。

「临时监护人」

高原的生活很慢，慢得让你感觉不到时间的流逝。

没事的时候，我就会打开电炉，拿出一本杂志静静地看起来。高原的风是很有威力的，即使你躲在店铺里，它依然有办法将你白嫩的小脸，变成熟透的"红苹果"。所以，通常时候我就躲在玻璃柜台后面，这样既不影响看店子，又能躲过风对我毫不留情地追杀。我喜欢这种看书的氛围，没有压力，也不用想太多，因为我们的生意纯粹是守株待兔。如果看书累了，小憩片刻之时，我可以听到屋外朵朵雪花叹息的声音，甚至还能够听到远处雪山上的雪，被风吱吱撕裂的声音。我在想，那朵朵雪花，就是雪山上飘来的雪么？

可是，今天除了飘逸的雪花的叹息声，我还听到了小女孩的笑声。这种笑声里包含着格桑花的香味，它很纯净，纯净得像雪山上的雪。循声望去，一个大约两三岁的小女孩坐在桌球台上，戴着一顶红色的毛线帽子，帽子上，还有一个紫色的蝴蝶图案，那图案很真实，仿佛是一只迷路的蝴蝶，停留在毛线帽子上，正在苦苦思索着家的方向。也或许，它已经把帽子当成了自己的家，悠闲地站在家里，打量这人世间的美景。你看啊，巍峨耸立的雪山，在阳光的照射下，发出晶莹而清冷的光芒。那片光芒下面就是市场，市场呢，就像北京的四合院。四合院里什么都有，有带着冰花的蔬菜，有被冻干的猪肉和牛肉，还有小商店以及穿梭不息的人群，等等，构成了一幅现代的高原上的清明上河图。

　　再一看，小女孩那红红的帽子，多么像一朵盛开的花朵，在市场里格外引人注目。还有，小女孩的眼睛又大又亮，像挂在雪山上的清澈无瑕的月亮。她的身边，红红绿绿的小圆球，在台子上缓缓地滚动着，似乎生怕伤害到这个可爱的小姑娘。难道小小的彩球们也有恻隐之心么？难道它们也知道小女孩是它们的小主人么？小女孩看着它们，时不时发出欢快的笑声，时不时拍着小手，像独自在舞台上表演的演员。旁边几个桌球台子边上，围满了打桌球的老乡和藏民。他们一下子发出尖叫声，像发现了找寻已久的宝藏。一下子又悄无声息，仿佛他们不存在一样。有时呢，只听到藏民鞋子发出的叮叮声音，有时呢，只闻到一股特殊的浓郁的牦牛气味。偶尔看见藏民趴在桌球台上，那宽大的藏袍，差点把球全部挡住，于是，持杆的藏民不断地变换姿势，以确保球们能够安全无误地进入洞中。我注意到，那球杆好几次差点戳到小女孩身上，我担心小女孩受伤或者不小心滚落球台，于是，我赶忙把小女孩抱起来，四处搜寻她的家人。

　　是谁这么大意呢？把这么小的孩子随意放在桌球台子上呢？莫说其他事情，万一被人家抱走了呢？正当我出神的时候，一个姓姜的老乡扯了扯我的衣袖，轻声地告诉我说："这是那个新来摆桌球的嬢嬢的孙女。"

>>> 那木萨藏餐馆

哦，原来如此，难怪我不认得。

我说："她怎么把这么小的孩子带出来呢？放到家里不是好些么？她的爸妈呢？"姜老乡见我问个不停，叹了口气，幽幽地说道："我告诉你，你可不要再去问小孩的奶奶了。你如果一问，就会把人家的泪水问出来的。"

"有这么严重吗？问一下就会把奶奶的泪水问出来吗？"

姜老乡见我不相信似的，于是，赶忙说了出来。

姜老乡说："小女孩的爸妈都是军人，去年新都桥前面塌方，两口子为了救人，被山上的巨石砸死了。最让人心痛的是，由于山洪暴发，尸体被泥石流掩埋了，搜救了两天才搜出来，尸体已经严重变形，真是惨不忍睹，在场的人无不为之动容。本来，他们是有机会逃生的，但是，这两口子却把生的希望留给了别人。"姜老乡说完，用手揩了揩眼角。

此时，有一道霞光射在彩条棚子上，就像躺着的彩虹，散发着美丽而耀眼的光芒。在光的指引下，我分明看到了老乡的眼角，有泪珠跑出来的痕迹。这时，我的泪水也忍不住跑了出来。在大自然的眼里，我们人类是多么的渺小，渺小得如同一粒沙子。同时，人类又是多么伟大，有的人在生死关头，甚至可以放弃自己生还的希望，而选择让别人活下来。

小女孩用纯净的眼神望着我。这一望不要紧，却把我的泪水望了出来。不谙世事天真可爱的她，并不知道两个最亲的人，已永远地离她而去。看着她那可爱的小脸，我唯一能做的就是紧紧地抱住她，在她的小脸乖上亲了又亲。此时，我的泪水却再也忍不了住，竟然汹涌而出，打湿了小女孩的衣裳。我担心被别人看见，当泪水掉下来的那一刻，我赶紧把头深深地埋在小女孩怀里。

小女孩的奶奶还在那头忙着招呼生意，我快步走到她面前，告诉她，我把她的孙女抱到我店里烤火去了，叫她放心。我伸手指了指我的店铺，她听罢，放心地向我投来感激的笑容，说道："好啊，谢谢你呢。"

我看得出来，此时，她眼里除了对我的感激之情，还有一种无奈，一种沧桑感，让我不敢久视。若望得久了，就会生出一种痛来，一种苦来，一种无法言说而又无法忘却的苦。

小女孩很乖巧，围着电炉，吃着东西，不吵不闹，很是让人省心。只是白嫩的小脸乖，被风变成了两个"小苹果"，在火光的照耀下，显得更加红艳了，发出鲜嫩的光芒，让人忍不住想咬上一口。此后，小女孩竟然天天往我家里跑，一些不知情的人，还以为是我的小孩呢，搞得我有些尴尬。要知道，当时的我连男朋友都没有，又哪来的小孩呢？

小女孩来我店里的次数多了，渐渐地调皮起来，不是把毛衣套在头上，蹲在货房里做货物状，就是把裤子系在腰上当成皮带，这都不要紧。最烦的是，她还偷偷地把桌球藏到衣服里面，在柜台上敲来敲去的，像内地买西瓜选瓜时的敲击声，偶尔发出沉闷的响声，让人不知所以然。幸好她的力气不是很大，不然，我的玻璃柜子可就遭殃了，玻璃柜碎了还不算什么，伤到人就是大问题了。她的奶奶呢，则在客人的抱怨声中到处找球，嘴里连连说着，球到哪里去了呢？看着这个跑上跑下找球的孃孃，看着这个瘦瘦的脸上布满焦虑的孃孃，我的心就隐隐作痛。老来丧子，已是人生中的大痛苦了，却还要抚养幼小的孙女。我不知道，每当小女孩问她爸妈的时候，这位奶奶的心又该有多痛。

因此，我如果再看见小女孩偷偷地把桌球藏到衣服里，我就要立即警告她，你若再这样做，我就不准你来我店里玩了，也不再给你东西吃了。也许是我的话起了作用，又或是她已经厌倦了这种游戏，此后，她再也不做这种藏球的事情了。

但是，新的麻烦又来了。

因为桌球孃孃摆桌球的位置，并不是固定的，谁来得早，谁就能占到好位置，所以，每天清晨七点半，这位孃孃就会准时来到市场，抢占码头。由于天气太冷，我们一般都要八点半或九点才开门。那么，问题就来了，不知是小女孩怕寒冷，还是因为我带得好她喜欢粘我，于是，她们祖孙一到，小女孩就拿着桌球砸我的卷闸门，嘭嘭嘭，砰砰砰，其响声在清晨的市场传得很远，很响，让人根本睡不好觉。如果我没有反应，小女孩就会边砸边喊："孃孃，孃孃，我来了，快点起来。"如此反复几次，我若仍然没有反应，她就会换一种方式，连连大喊："孃孃，孃孃，有人来买东西了。"

这个鬼丫头，真是烦人得很呢。

像她这一喊一叫的，你即使想睡懒觉都不行了。明明知道她是骗我的，我也只得赶忙起床把门打开，把这只烦人的鸟儿放进来。不然，整个市场的人都得被她吵醒，那就麻烦了。我可不想因为这点小事，得罪整个市场的老乡。不如自己吃点亏算了，谁叫我同情心泛滥呢。不过，虽然我睡不成懒觉，也没有觉得这样有什么不好，关键是我乐意啊。

桌球孃孃摆了几张桌球台子，生意忙的时候，根本就顾不上孙女。或许是她很放心我吧，又或许想借此忙碌忘掉心里的痛苦吧，整个上午，甚至到吃饭的时候，我还见不到她的身影。这些都没有关系，我的店铺没有生意时，我就带着她的孙女玩，我吃饭她就吃饭，我烤火她就跟着我烤火。只是我忙碌的时候，就有点担心。毕竟是人家的小

孩，万一有什么意外发生，我心里也会过意不去的。

我正担心一个人照顾不好小女孩，居然就来了两个帮手，嘿嘿，我的运气也是蛮好的吧。

市场对面的税务局有两个小伙子，一个姓谢，一个姓黄，成都人，经常来我店铺买东西，和我很熟。他们每次都是两人一起出来，一起回去，关系好得不得了。用我们湖南的家乡方言说，他们就是两个油盐坛子，共一条裤子穿的，只是多了一个脑壳。因此，只要看到他们，我就亲切地叫他们谢黄先生。他们笑了笑，红着脸也不说什么，算是默认了。不过，这谢黄谢黄的叫，不知情的人，还以为是吃的蟹黄呢。不过，管它谢黄还是蟹黄，能够叫着顺口就行了。

这天，他们看到小女孩和我坐在一起吃饭，就问我这是你的小孩吗？我说是别人家的小孩，他们居然不相信。我只得把那个姜老乡告诉我的话，再原原本本地复制一遍。他们听罢，也深受感动，表示如有空闲时间，就帮着我照顾小女孩。

从这以后，我就不是孤军奋战了，我既能照顾好小女孩，又能安心做生意，一举两得，何乐而不为？"蟹黄"虽然还是未婚青年，带起小孩来，一点都不含糊，经常把小女孩逗得哈哈大笑。看啰，他们轮流抱着小女孩，一起给她喂东西，还一起做游戏，就像在搞亲子活动。玩累了，小女孩便睡了。这个时候，他们就坐在我店铺门前，帮我看店，以便让我放心地去仓库整理货物。说来也怪，有了小女孩和"蟹黄"在我店里玩闹，我的生意竟然比平常好了很多，简直让我忙得不亦乐乎。

桌球孃孃的生意，还是那么忙碌。收钱，摆台球，计数，一刻也停不下来。她虽然忙碌，还是知道"蟹黄"也帮着在照顾她的孙女，所以，为了表示感谢，"蟹黄"两人打桌球，她是不收钱的。而"蟹黄"呢，看她可怜，总是要塞钱给她，有时还多给钱，然后，就一阵风似的溜走了，生怕桌球孃孃追上他们，扯着衣服要把钱塞回给他们。

时间过得很快，眨眼间，十个月就过去了。

一连几天，我没有像往常那样，听到小女孩的喊门声。我心里便隐隐有一丝不祥的感觉，我坐立不安。于是，去问那个姓姜的老乡，果然，发生事情了，而且还是大事——桌球孃孃因突发心梗，走了。

"那个小女孩呢？"我急切地问道。

姓姜的老乡说："被一对无儿无女的藏族夫妇收养了。听说，他们把小女孩当成亲生女儿一样看待。"

听到这句话，刚才还在为桌球孃孃突然离去而黯然神伤的我，瞬间就像明媚的阳光射进了黝黑的小屋，我心里一下子松弛下来。

我默默祝愿，苦命而又幸运的小女孩，愿你的人生道路能够充满阳光，愿你今后的每一天都能快乐地度过。

"蟹黄"两人听到消息后，也感到十分惊讶。虽然，小女孩不会再来我的店铺了，他们还是一如既往地到我店铺来，帮我提水，卖东西，或照看店铺。

或许，对于人生来说，很多人事都是暂时的，偶然的，但是，心中的那份爱却是永恒的。

>>> 远处巍峨的雪山，像一位慈祥的母亲，静静地看着她的孩子们在尽情表演。

零柒篇

「父子歌声」

我所在的市场处于巍峨的雪山下，它像一个孩子依偎在母亲身旁。高原上的风很勤奋，总是早早地就逼着我们起来。也许，它根本就没有休息吧？也许，它是为了给人类带来美妙而独特的歌声，像歌唱家一样，特意赶早吊嗓子的吧？

　　凌晨时分，当风呼啸着刮过市场上空时，那些钢架上的五彩篷布，便唱起哗啦啦呜呀呀的歌曲来，这都是我们听不懂的歌曲，就像我不认识五线谱一样。此时，水泥地面上的烂菜叶，塑料瓶子，以及尼龙袋子，也都跟着舞动起来，发出嘭嘭啪啪欢快的声音。空旷的市场竟然成了风的舞台，它顾自演绎着，弹出欢乐或忧伤的歌曲，丝毫也不在乎是否有观众，是否有掌声。

　　其实，清早八早谁又会在乎这独特的歌声呢？要知道，高原上的气温不是一般的寒冷，就算你躲在厚厚的被窝里，冰冷的空气还是像敬业的特务，时时地追随着你，让你掉落在颤抖的陷阱里。如果说，大自然的歌声是毫无征兆的，是让人不得不接受的，那么，市场里卖猪肉的唐娃子的歌声，却恰恰相反。这个四川人喜乐得很，每当卖出一斤或两斤猪肉，就会忘我地唱起歌来，像《七月火把节》《小虎队》《采花》等歌曲。他真的有一副好嗓子，歌声高亢悠远，且磁性十足，令旁人不时发出啧啧的声音，像有人把蜂蜜注进心里。因此，我们有很多的女老乡，即使不买菜，也要走到肉摊边转转。如果很久还没有人来买猪肉，女老乡们便先把耳朵喂饱了，然后，买上两斤猪肉，似是听唐娃子唱歌的门票。

"龚虾米"说："唐娃子，你歌唱得这么巴适，哪个不去当个歌星哟？有名有利，还有女娃娃跟着你屁股后面跑，那多安逸哦。再说，你家里的那个婆娘，又不晓得下蛋，你们只好捡个娃娃带，其实，你还不如找个漂亮的女娃娃，生个带把的。"

"龚虾米"是唐娃子的老乡兼好友，两人经常互相斗嘴。人们为什么叫他"龚虾米"呢？原来他的背佝偻着，像藏了一个小团筛在衣服里面。那张脸呢，一年四季红红的，像刚烫熟的虾米。再加之又姓龚，所以，人们都叫他"龚虾米"。听说刚开始的时候，别人喊"龚虾米"，他很不情愿，黑着红脸骂道："龚虾米，龚虾米，你还是母虾米呢，没有家教的狗东西。"其实，天知道他的真名叫什么，也无人去探究。

"你晓得个锤子，老子这样自在得多。"唐娃子听罢，明显不太高兴，说话的语气也重了起来。他说："我家里的那个人，虽然十年没有生养，她却对我很好，我又怎么舍得丢下她不管呢？何况，我们领养的藏族老乡的娃娃，乖巧聪明得很，我们把他当成自己的亲生儿子一样。你看我每天卖肉唱歌，既保障了物质生活，又有精神追求，哪里还有这么安逸的日子哦，人要晓得知足，懂吗？"

"龚虾米"没有想到，唐娃子会来这一手，其实，唐娃子平时并没有这么厉害。"龚虾米"觉得有点不好意思，脸上露出难得的尴尬神色。不过，"龚虾米"反应很快，马上又把话题扯开了。

要说这个唐娃子吧，快五十岁的人了，看上去也就三十岁左右，又长着一张娃娃脸，所以，才得了个如此年轻的外号。更让人感到疑惑的是，他每天坐在肉摊边吹着高原的风，脸上却没有一点干燥的感觉，圆白的脸上，溜滑溜滑的，简直像抹了一层猪油。惹得市场里的男人们嫉妒得很，甚至还调侃地说："你不要叫唐娃子了，叫猪油娃算了。"更有脑洞大开的人说："干脆去掉中间的那个油字算球，就叫猪娃吧，既简单，又好喊，反正你每天跟猪打交道。"每当这时，唐娃子就会拖着长腔唱道："你们欺负老子是吧，看我剁不死你呀。"那声音抑扬顿挫。虽说是生气骂人的话，却还是让人忍俊不禁。唱罢，唐娃子又佯装拿起杀猪刀，放到眼珠边照了照，似乎在检查刀刃是否锋利。

"哎呀，猪娃发癫了。"不晓得哪个人喊道。于是，男人们便不再作声了，东张张西望望地溜走了。

说来也怪，每当唐娃子扯起喉咙唱歌，我店里的生意也跟着好了起来。我想，这难道是他的歌声吸引了顾客吗？也许是有道理的吧，因为我的铺面就位于他的肉摊对面，相距不过数米，我还能够清晰地看到猪肉上的纹路。唐娃子的歌唱得好，很多人喜欢来听他唱歌，听罢歌，那些人不是买肉，便是走进我店铺买东西。所以，我心里很感谢他，尽管我没有说出来。

唐娃子的肉摊上，一块块红白相间的猪肉，挂在黑油油的钩子上。这对我来说，也是个极大的诱惑。因此，我的饭桌上不是炖排骨，就是水煮肉片，不然，就是红烧猪脚，简直把自己喂得像头奶猪，又白又胖。要说，这也不能怪我贪吃，因为这里的藏民不吃鱼，所以市场里没有鱼卖，除了小菜，那就只有猪肉卖了。

还有就是，我能够多买肉，唐娃子的生意好，我的生意也跟着好起来，又何乐而不为呢？这应该是相辅相成的吧？唐娃子的歌声还真的很有感染力，只要他的歌声响起，那些来购物的藏民便跟着唱了起来。其实，唐娃子的声音，相对来说还是比较秀气的。而藏民的声音粗犷而具有野性。因此，他们一唱一和，就像少数民族的青年男女在对山歌，自然而然，就把其他人吸引住了，人们便不知不觉地把他们围在舞台中间。还有些康巴汉子为了助兴，不时地发出嚯嚯呦呦的声音，甚至还扭动着健硕的臀部。于是，高原上一场异域风情的盛大演唱会，就这样拉开了序幕，它像泥土中的生命，自然而然破土而出。虽然不知道他们唱的是什么意思，但是，那种天籁般的声音，却在市场上空久久徘徊，像不愿意离开的雄鹰，像不愿意离开的云彩，还像不愿意离开的蓝天。这种混合的美妙的歌声，直到不谙人世的刺骨的冷风，毫无理由地把它们带向巍巍雪山，带向荒芜高原的每个角落。因了这歌声，市场里显得更加热闹非凡，就连那些外国友人也被吸引了过来。他们惊奇的脸上带着问号，也许，他们无法明白，一个卖猪肉的人，为何这么高兴？难道他赚了很多的钱吗？

以前打开店门，雪山就出现在我眼前，我浑身便觉得凉凉的，像穿着单薄的衣服，误入冷库。现在，只要唐娃子的歌声响起，我整个人便热血沸腾，像泡在毛娅温泉清澈的水里。不仅仅是我，整个市场

的人，都习惯并喜欢上了唐娃子的歌声。也许，唐娃子的歌声像清脆而悦耳的哨子，吹醒了千年沉睡的雪山，吹出了人们被冰封的热情。

某天，市场里突然没有了唐娃子的歌声，人们便觉得很不习惯。再一看，肉摊上竟然不见了唐娃子的身影，难道他发生什么事了吗？

下午，"龚虾米"提着一包东西，在市场里焦急地走来走去。看他那副样子，似乎发生了某种严重的事情。我喊了几声，他才注意到我，便朝我店里走了过来。

我说："唐娃子今天怎么没有来卖肉？"

"龚虾米"说："哎，只怕他以后再也难得来卖肉了。你不知道，他昨晚上突发脑出血，现在医院昏迷不醒，医生说，他活过来的机会很渺茫。哎，真是可怜得很嘞。"

我的心脏突地往下一沉，像被石头打了脑壳，整个人都懵掉了。昨天还好好的一个人，怎么一夜之间就生死未卜呢？我简直不敢相信。我正在出神，"龚虾米"又说："我还要去医院给他送点东西。"说完就走了，也不等我回话。

那天晚上，我们几个老乡去医院看望唐娃子。唐娃子躺在病床上紧闭双眼，很安详的样子，如果不是在医院，我们还以为他在睡觉。唐娃子老婆叫"鱼坨"，"鱼坨"的眼睛哭得像刚洗过的水蜜桃，竟是透明的，瘦小的身子微微地颤抖着。见到我们，"鱼坨"的泪水流得比她起身还快。哎，这个可怜的女人。她接过我们带来的营养品，又是一阵好哭。好像我们是残酷的导演，专门叫她演悲情戏。见此情景，为了不让这个可怜的女人继续流泪，我们仅仅待了几分钟便回家了。

时间过去了两个月，唐娃子还像婴儿般酣睡。他可能已经忘记了自己的使命，但是，所有人都不会忘记他——市场上空飘扬的歌声，像天上的雄鹰一样自由。

据"龚虾米"说，唐娃子的病，已经把多年的积蓄花光了，还欠了几万块的债。几万块钱在当年来说，是一笔不小的数目。"鱼坨"是个节俭的女人，以前为了节省开支，"鱼坨"把卖剩的，或看相不好的碎骨头，都拿来熬汤。现在家里的顶梁柱倒了，肉摊子也摆不成了。最为重要的是，家里还借了外债。虽然唐娃子在医院躺着，吃不得，喝不得，费用却是一分都不能少。怎么办呢？想来想去，还是省着嘴巴再说吧。

"鱼坨"最直接的省钱办法，便是等到卖菜的收场了，便去捡那些丢弃的烂菜叶。而这捡来的菜叶子，也只能她自己吃，小孩怎么能吃这些烂菜叶呢？于是，她狠下心，买点猪肉，用饭碗蒸在高压锅里，专门给小孩吃。一旦小孩问道："妈妈，你怎么不吃肉呢？"她就会笑着说："她已经吃过了。"那个样子，分明是在责怪小孩。傻孩子，妈妈怎么可能不吃肉呢？而转过身，她眼泪就掉了下来。说真的，连她都佩服自己，前一秒还在笑着，后一秒就能扑簌扑簌地掉眼泪，难道她是天生的演员吗？她又摇摇头，脸上露出苦涩的笑容，我根本当不得演员，真是罪过哦。然后，自己偷偷地把捡来的菜叶，放在剩饭里用锅一炒，就算完成了任务。

一天，她又要去市场捡菜叶。而好面子的她，总觉得自己像个小偷，要趁着夜色出来活动。不过，她的"作案工具"仅仅是一个尼龙袋子而已。她把它放在衣袋里，一旦发现目标，便可以快速下手。这天虽然没下雪，风沙却很大，而且有点干冷。"鱼坨"用一条黑白方格的旧围巾裹住脖子，感觉暖和多了。别看这条旧围巾很不起眼，用处大着呢。一来可以遮住犀利的冷风。二来碰到熟人，能够马上把围巾往脸上一拉，面子上也过得去。

将近八点钟，市场里的摊子都收了。那些卖菜的空竹筐和木台板，孤零零地在寒风中瑟瑟发抖。也许是为了战胜这寒冷得让人发狂的风吧，木板和竹筐紧紧地挨在一起，发出啪啪的响声。好像是在唱歌，又似乎在抱怨主人，白天已经让它们受累了，晚上还要让它们受罪。"鱼坨"低着头，走了好几家，都没有看到丢弃的菜叶，心里便慌了起来。此时，市场二楼突然传出一阵男人的歌声，歌声中含有格桑花的味道，似乎又隐藏着酥油茶的香味。"鱼坨"听得入了迷，呆呆地站立着，完全忘了自己是来干什么的。自从唐娃子生病那天起，她已经很久没有听到这么美妙的歌声了。她默默地流泪了，没有用手或围巾擦拭。她想，既然要流，就让它尽情地流吧。反正市场里也没有人在外面，况且，飘出歌声的窗户也是紧闭的，只能够模模糊糊看得出那是个壮实而高大的男人。

此时，只有冷风知道她的狼狈和秘密。

她一下子抬起脑壳，嘴巴里喃喃地念着什么，像是在跟天空对话，又好像是在乞求老天让她老公快点醒过来，早日恢复健康。一下子又埋着脑壳看着地面，那副虔诚的样子，像是转着经筒的朝圣者。也似乎这样看着，就能看出一大堆新鲜的蔬菜。这时，可能是这要人命的冷风也心软了吧，看到"鱼坨"的悲伤，它便大发慈悲使劲地敲响市场里的卷闸门。敲得人心慌意乱，大概是想喊人来帮助她，帮助这个站在高原空旷市场里的伤心的"鱼坨"吧？

可以说，"鱼坨"这一夜，除了泪水和冷风，她一无所获。回到家里，想起以后的日子，不知道要怎么能够过下去，于是，又是一阵哭泣。"鱼坨"这样哭来哭去，搞得我都不敢继续写她的故事了。因为我也是个爱哭的人，好像自己是海洋里的鱼，海水很多，嘴巴微微一动，水泡泡就从眼里涌出来了。

哭归哭，该做的事情还是要做。"鱼坨"去医院时，"龚虾米"已经坐在了病床边。"龚虾米"虽然长得不怎么样，良心还是大大的好。他经常去医院看望唐娃子，有时候，还从不太富裕的家里偷点东西送给"鱼坨"。"鱼坨"明白,"龚虾米"的老婆非常厉害,是那种看到钱用铳打的女人,你说她会舍得拔毛吗?讨个这样的老婆,也真是难为了"龚虾米"。

"鱼坨"由于昨晚卖力的哭泣,眼睛肿起像个猪尿泡。她不敢正眼看"龚虾米",是担心难为情。她接过"龚虾米"带来的水果和菜,感觉眼里又要流泪了。至少这两天,她不用为捡烂菜叶而发愁了。"鱼坨"忧郁的脸上,终于浮现了一丝笑容。"龚虾米"看到"鱼坨"这副样子,心里很不好受。他知道自己的能力有限,心有余而力不足。但是,他隐隐地感觉到,"鱼坨"一定有什么事情瞒着他。于是,他决定要把这件事情弄个明白。

一天晚上,"龚虾米"偷偷地躲在"鱼坨"的窗户外面看了半天,也没有看出个名堂,正准备离开,突然,厨房里响起了手撕菜叶的声音,随后听到了锅子乱响一阵。他想,这个女人终于舍得搞饭吃了。他望了一眼,看到一碗剩饭上面,只有几块黄黄的干枯的菜叶,而且,菜叶的边缘还被烧焦了。很显然,这是没有放油的结果。再一看,"鱼坨"边吃饭,泪水就边往碗里掉,好像这讨厌的泪水竟敢擅自做主,要代替猪油滋润菜叶一般。哎呀,这个女人哦!实在是太可怜了!"龚虾米"边摇头,边向家中走去。

一连几天,"龚虾米"简直像个间谍,不动声色地按时到"鱼坨"窗外打探敌情。看到的情形都是一样。因此,他断定"鱼坨"吃的菜叶不是买来的,而是捡别人丢弃的。"龚虾米"心里很难过,同时,他也想出了一个办法来。他马上去市场里,对他卖菜的堂弟说,叫他把好一点的蔬菜，每天放些在木台板底下，却不要做得太显眼，上面还是要放点烂菜叶，这样便不会引起"鱼坨"的怀疑了。说罢，"龚虾米"突然觉得自己的背不驼了，走起路来也轻松了许多，似乎返老还童了。

自从这天后，"鱼坨"每天都能捡到好的菜叶，她还以为是那晚的祈祷，老天显灵在帮她，心情便渐渐地好了起来。

她可能做梦都不会想到，她的秘密除了寒风，还有"龚虾米"和他堂弟知道。

三个月后的一天，市场上空突然响起一个清脆的童音，他用半汉半藏的语言在唱歌。他的歌声里有忧郁的旋律，似乎在伤感什么，又好像在祈祷什么。他跟着他的妈妈"鱼坨"站在肉摊前，像站在舞台上一样。得知她家情况的人们，纷纷上前问候，有的还掏出钱放在肉摊上。很久没有看到主人的肉摊，显得有点邋遢，油腻的木板上布满了灰尘，有的地方还露出了几个苹果大小的洞眼。"鱼坨"看着前来捐款的人们，流着眼泪，不停地鞠躬。她的儿子——也就是那个领养的藏族男孩——大约七八岁，竟然唱得更加起劲了，不时把感激的眼神烙向好心的人们。

此时，雪花飘飘洒洒地落了下来，是那样的密集而欢畅，像高原的风在吹赶着洁白的云朵，市场一下子就被笼罩在漫天的雪花之中了。也许，我们应该原谅雪花，因为它们不知人间的疾苦。又或许，我们错怪了雪花，因为它们的出现，似在为这场特殊的演唱会拼命鼓掌，又好像在为小男孩尽情伴舞。

雪花飘洒在哪里，小男孩的歌声就响在哪里。他的歌声像红色的弹珠，一下子跳进了蔬菜筐里。我们可以想见，红色的弹珠落在翠绿的蔬菜上，就像是突然盛开的花朵。这些似弹珠般的歌声，真的顽皮得很。它们甚至还跑到了篷布上，发出叮叮咚咚的声音，片刻后，便无声无息了。或许，是由于太过兴奋，它们错把五彩篷布当成了自己的亲人。此时，雄鹰尖厉的声音不断地划过天际，似乎在告诉小男孩，我曾经听到过你父亲美妙的歌声。现在就让我唱给你听吧，我可怜的孩子。于是，这歌声便越来越响亮了，越来越让人震撼。高原上的生灵似乎都被震醒了。牦牛像得到了主人的命令，迅速地翻动着臃肿的身体，哞地大叫起来。那些在雪地茅草窝里沉睡的虫草，则打了个哈欠，伸了伸懒腰，把脑壳小心翼翼地探出草丛，看是否有潜伏的敌人。虫草们好像受到了这歌声的刺激，也罕见地亮开了嗓子，好像发出了叽叽喳喳的声音。当然，还有许多不知名的动物，也发出了各种吼叫声，似乎都在给小男孩加油鼓劲。这所有的声音混在一起，就像一场盛大的交响曲，在高原上回荡，飘浮，撞击，震撼着千年沉睡的巍巍雪山。我们分明听到了雪崩的声音，那种声音，也像某种宏大的乐器，加入这场交响曲里来了。尤其令人敬佩的是，这些没有经过任何培训的演员，却奏出了世界上最为宏大、也最为让人感动落泪的朴素之歌。

　　远处巍峨的雪山，像一位慈祥的母亲，静静地看着她的孩子们在尽情表演。突然，一缕阳光射到了雪山之巅，我仿佛看见雪山露出了彩色的笑容。

>>> 也许，在那个离天空最近的地方，那个能闻到雄鹰气息的地方，
才是它的家乡。

「高原印象1」

市场素描

时间总是在不经意间流逝，想起自己在理塘开铺面的那几年，仿佛就在昨天。

那时，从湖南邵东到四川理塘，要坐几天几夜的车，火车汽车轮流坐，坐得头晕目眩，而且，吃不好，睡不好，喊娘喊爷都没有用，巴不得快点到达目的地。而目的地却像个遥远的虚妄之地，怎么也不能到达。尤其是高原反应让人头痛，像有个无形的凶手拿着锤子，凶狠地在你脑壳上钉钉子，钉出一种尖锐的痛。所以，沿途的风景也顾不上欣赏了，偶尔抬头朝窗外望一眼，只见三三两两的牛羊，一小群一小群，正在专心吃草，它们时不时抬头叫唤几声，像是在向远道而来的客人打招呼。还有藏族汉子那粗犷豪放的歌声，时不时撞击着我的耳膜。我虽然听不懂藏语，并不知道他们在唱些什么，不过，那声音极其悦耳，居然让我感觉到脑壳不是那么痛了，那个无形的凶手，似乎已被这粗犷豪放的歌声吓跑了。

汽车像粒甲壳虫，在山路上蹒跚而行，不知疲倦地转一圈又转一圈。总以为快到了，车子忽又转上另一条山路，在尘土过分热情的拥抱下，继续缓缓而行。山高路陡，那种惊险让人提心吊胆。有时候，竟然有两个车轮子没有着地，像将要起飞的飞机。我低着头不敢再看，生怕一看，就会掉进万丈深渊。说实话，我佩服司机高超的开车技术。

最麻烦的还是上厕所。男人还好，站在车子屁股后面就沙沙地尿起来。女的害羞，磨磨蹭蹭半天还没有动静。司机急了，大声喊道："快点啰，快点啰，你们再不来，车子就要开走了。"

一路上，阳光明媚，蓝天白云，一座座开满格桑花的山头，远远望去，就像无数个彩色的大馒头，在阳光的照射下金光灿烂。推开车窗，一伸手，仿佛就能摸到朵朵柔软的白云。我甚至觉得，这就是小时候吃过的棉花糖。我禁不住把舌头伸出来舔了舔，竟然感觉到有丝丝甜味。几个小时后，夜幕降临，车子仍在点点星光下缓缓前进。我有种错觉，仿佛来到了另一个星球。

一直第七天早上，我才终于来到了理塘县城。

我的店子设在市场里，主要是从成都进服装，还有一些小百货，例如：化妆品，指甲剪，发夹，日记本，等等。市场并不大，一般是邵东老乡和四川人在经营。老乡大都和我经营一样的商品，四川人则以开饭店和卖菜的为多。还有极少数的藏族朋友也在开店，他们一般是卖核桃，苹果，以及虫草，都是拿大麻袋装起来的，很威武。每到晚上，藏族朋友没有卖完的货，就寄在我店里。有个藏族阿妈说："你想吃什么就自己拿，就当我给你的寄存费。"我笑着说："好吧。"

其实，我从未拿过。不过，那种叫小种红的苹果格外香甜，满屋子都飘散着它的香味，直到现在，那独特的香味仍然令我回味无穷。

印象最深的是那天早上，店里来了个藏族妇女。高高的个子，皮肤黝黑发红，脸上的高原红特别显眼，令我忍不住多看了她几眼。她走到柜台边，用乌黑粗大的手指着润肤霜，说："孃孃。"我便打开柜台，把润肤霜递给她，并用藏语告诉她，这个是擦脸用的。我的话还没有说完，她就迅速地打开盖子，乌黑粗大的手指，在瓶里抠一圈，就抠去了大半瓶，然后，在自己脸上和身上使劲涂抹，我正惊讶地看着她，谁知转眼间，一瓶润肤霜就所剩无几了。付钱的时候，她又把剩下的润肤霜抹在头发上，然后，拿着空瓶子扬长而去。

市场里的房子，都是一排排门面，大约有十几间，中间是空阔的大坪，摆了很多的桌球台，打一盘五毛钱。有个老乡在我店门口摆了几个桌球台，生意好得很，所以，他每天都是笑眯眯的，像吃了笑鸡婆蛋。店里没来顾客的时候，我偶尔也去玩几盘，却怎么也不能把彩色小球打进洞里去，便引来老乡的一阵哄笑。哦，对了，再过去一点，就是卖肉卖蔬菜的四川人，我们管他们叫"川耗子"，其实，这没有别的意思，只是说四川人很精明罢了。我还记得，当时的猪肉卖二十块钱一斤，有点贵，而且并不好吃，有股腥味，所以，我一般是不买的。我从小到大，最喜欢吃的是鱼，可惜的是，这里极少有鱼卖。为什么呢？听说很多藏族朋友是不吃鱼的。

我在理塘生活的日子，其他方面都还好，唯一不方便的是，每个门面都没有卫生间和自来水，如果需要用水，还得到市场尽头几百米的地方去提水。而且，只有一个水龙头，所以，这么多人用水，每次都需要排队。水龙头周围，是用水泥砌成的四方台子，大约有水桶那么高。最烦人的是，好不容易轮到自己接水了，有些男人老是用脚在台子上使劲踢，也不知他们是不是存心的，或许，是觉得好玩吧。这样，飞溅的脏水就会跑到我的水桶里面来了，因此，我只好把水倒掉重新接水。那些人却急得不得了，越发使劲地踢着台子。他们越是使劲地踢，我就越是继续倒，到最后，他们终于不再踢了，我这才胜利地提着水回家。

时间总是在不知不觉中溜走，而所有的记忆，却在我脑海里生根发芽。比如，那摇着经筒的藏族阿妈，那怀里睡着的裸体的小孩子，还有康巴汉子走路时，鞋子所发出的叮叮叮的声音。现在，仔细一听，仿佛那叮叮叮的声音，正由远而近向我走来……

毛娅温泉

骑着一部自行车，带上几件换洗衣服，我们便高兴地向毛娅温泉出发。

一路上坑坑洼洼的路面，让自行车颠簸得极为厉害。坐在后座的我，使劲地拽着他的衣服，生怕一不小心掉了下来。有时候，自行车上坡，我就差点摔下来，便不由得挪了挪屁股，竟然还感觉有点疼痛。尤其是风沙，简直像调皮的孩子，匆匆忙忙地跑到我眼里，咯得我眼睛生疼，泪水都揉了出来。于是，我只好眯起眼睛，偶尔睁开几下，那红的白的格桑花，便纷纷地映入眼帘。

花朵虽小，却极为可爱，风一吹，便摇晃着小脑袋，像是在跟我打招呼，又像是在跳舞，尽情地展示着自己妖娆的身姿。这让我忘记了这飞扬的尘土，任它在我的脸上扑粉，一层厚，一层薄。此刻，我眼里尽是盛开的格桑花。谁也不相信，在这海拔四千多米的高原，加上这么寒冷的天气，它们竟然开放得如此灿烂，我佩服它的坚强与勇敢。此刻，心里突然涌出一种想法，我也想做一朵格桑花，希望自己变得更勇敢，更坚强。

一个多小时的路程，有着这别样的感觉，至今回忆起来，还是蛮有味道的。

然后，我们来到了毛娅温泉。

这时，从山下传来康巴汉子高亢的歌声，歌声煞是好听，声音在山谷里久久回荡，听得天上的雄鹰似乎也忘记了回家的路。我放眼望去，有种置身云海的感觉。我希望时间就在此刻停止，我已经被这雪山之巅的美丽深深地陶醉了。

买了门票，我来到一个简陋的小木屋旁，轻轻地推开门，我看见木屋内设有两个小池子，冒着袅袅热气。我顿时像身陷高山上的云雾中，竟然有种飘飘欲仙的感觉。水池旁边是摆放衣服的台子。和我一起进去的还有三个女的，估计是外地人。她们走进门，便三下五除二脱个精光，那不太白的肌肤，在水汽中朦朦胧胧，还是很吸引人的。我只敢匆匆地用余光瞟一眼，似乎是害羞，也好像是担心她们会笑话自己。害羞是真的，我还是第一次来泡温泉，女人们都赤身裸体的，我还真的不太习惯。不过，担心她们笑话我什么呢？我却没有想出原因来。因为我还是头次在这种场合泡澡，所以，我半天竟然都不敢脱掉衣服。等到她们专心泡澡不再注意我时，我才像兔子般迅速地脱掉衣服，立即钻进水里。

尽管我脱衣下水的速度极快，也没有逃掉她们眼力，她们都齐齐地惊呼起来——哇！好白好嫩的皮肤！

"喂，小妹妹你是哪里的？"

"我们还是第一次见到这么好的皮肤，你难道有什么保养秘诀吗？"

三个女人的声音直击我耳膜。

我笑着回答说："我是湖南人，这是因为我家乡的水好，所以，这皮肤是洗白的。"

　　她们惊讶地看看我，那眼神里，分明流露出怀疑的目光。在这狭小的空间里，顿时弥漫起热闹的气息。过一阵子，她们又聊起天来，说些我听不懂的话。

　　我一边洗，一边警惕地看着木门，似乎生怕有人闯进来，因为我怀疑小木屋的封闭性。无意中，我真的发现后门竟有二指宽的缝隙，外面站着一个藏族阿妈，手里转着经筒，这个我还不担心。问题是，我又发现她的身后，还跟着一大一小两个小孩，大约四五岁或五六岁的样子吧。他们嬉笑着往木门里偷看，小脸蛋都快贴着木门了。这吓得我赶紧躲在水里，半天也没有起来。我不时地看着后门，希望他们快点走开，他们却像在看人间美景，没有离开的意思。于是，我又看着那三个女人，用眼光暗示她们要注意后门，这三个女人却对我的暗示视而不见，仍然在嘻嘻哈哈地说笑。

　　于是，我也终于放弃了这种努力。

　　温泉的温度适宜，水质清澈，我泡在里面，感到通体舒服，要知道，这是高原上的温泉，世上有多少人难得来此享受。

　　这时，我突然听到一声闷响，见一个女的竟然摔倒在地，她肉嘟嘟的身体摊在地上，只看到一团肥肉了，五官似乎不见了。幸亏的是，她好像并没有摔伤。我想，也许正是这样脂肪，她才免于受伤吧？她挣扎着翻动了好几下，试图让自己爬起来，却没有成功，真有点滑稽可笑。那堆肥肉一颤一颤的，像是在跳舞，又像是在发抖。她那本来绯红的脸颊，这时就更红了，很像以前我在老家喂养的生蛋鸡婆。

我们三人怔了怔，立即走上去，一起用力地把她扶起来，准确地说，是抬起来的。这有点像我们小时候，看见大人们把某个人抬起来，有的抬脑壳，有的抬双脚，做撞油的游戏（湖南农村一种逗小孩开心的游戏）。说实话，我还是担心她摔伤了，仔细查看，她还是比较庆幸的，只是手臂上擦破了一点皮，屁股上摔得有点红印子而已，总之，无伤大碍。我关心地问了几句，她笑着说没事，并向我表示感谢。然后，她似乎忘记了刚才发生的事情，又继续跟同伴们嬉闹起来。那飞溅的水花，像朵朵含笑的格桑花在盛开着，散发出芬芳的气味。

几声牦牛的叫声，由远而近钻进了小木屋，小木屋似乎更加生动起来，充满着高原的气息。用不着猜测，藏民们在挥舞着鞭子，把牦牛们往回赶。让我感到惊喜的是，酥油茶的独特香味，也不知从何处扑面而来，它们似乎从小木屋的缝隙里钻了进来，强烈地诱惑着我，包围着我。顿时，我的肚子就咕咕地叫了起来，极想端起一碗酥油茶，痛饮一番。

待我收拾完毕，出门一看，已是暮色时分，一切都显得是那么模糊，那么朦胧。唯有周身发热，舒适的感觉遍布全身。

这时，我极想走进某个藏民家里，痛快地喝着酥油茶，对他或她诉说在高原泡温泉的浓浓惬意。

夫妻藏服店

小李子很小，好像跟树上结的李子一样大。

人虽小，做出来的藏服却非常大气。

小李子是四川人，他老婆叫慧，也是四川人，讲一口地道的四川话，让人听了安逸得很。他开的藏服店是一号码头，又紧挨着市场里唯一的水龙头。所以，那些排成长队提水的人，如果没有地方站了，就直接到他的藏服店来摆龙门阵，天南地北的闲扯。因此，他店里时常飘出一锅川话大杂烩，很热闹。不过，奇怪得很，他们说的那些好听的话，我都不记得了。而像瓜娃子、炮耳朵、锤子等等这些骂人的话，我却记得很清楚。

可能是因为人气很旺的缘故，小李子店里的两台缝纫机，一直在呼呼地旋转着，叫喊着，很少有歇气的时候。人可不比机器，总得要吃要喝吧？小李子却似乎有种无比的神力，好像不需要吃喝样的，总是埋着脑袋伏在缝纫机上。他眯着小眼睛，面露微笑，那样子好像不是在做衣服，而是在呜呜呜地印钞票。其实，那一块块花花绿绿的布料，不就是像成堆的钞票吗？所以，他兴奋得很，以至于龙门阵摆到哪里了，居然都不晓得，只是偶尔哦一声，或者点下头。

那些等候提水的人，看到他忙得不亦乐乎，也就不再打扰他了，纷纷站到下料的案板边。如果实在没有地方站了，或是站累了，就一屁股坐到案板上，或者像翻了壳的大乌龟，在案板上使劲地挣扎。案板在这种重压下，发出吱咯吱咯的声音，仿佛是在向主人求援，又像是在欢乐的歌唱。小李子倒是不太在意这些，此刻，他眼里只有花花绿绿的布料。

慧就不同了，生怕吃饭的家伙被"大乌龟"们压垮了，时不时就说："小李子，你快去裁点布料来，我这里没得用了。"看小李子没有动静，她又冷不丁地冒出一句话来，"小李子，快到做饭的时间了，案板那里有个尼龙袋子，里面有昨天买菜剩下的零钱，你去找出来拿去买菜吧。"良久，仍不见小李子回音，他的耳朵似乎被呜呜旋转的声音灌满了，已经听不到其他声音了。这时，慧便坐不住了，腾地起身，走到案板边，伸着脑壳在布料堆里翻来翻去，好像要翻出什么花样来。其实，鬼才知道布料堆里到底有没有尼龙袋子。但是，看到那个"大乌龟"仍然纹丝不动，慧的脸上就会流露出烦躁的神色来，把布料统统甩到案板上，似是某种抗议。由于太过用劲，慧胸前的两坨肉，像沙罐一样晃来晃去，晃得人眼花缭乱，晃得那个"大乌龟"直翻白眼。

"大乌龟"怔了几秒钟，这才坐起来，红着脸走了出去，任暧昧的笑声在空气里发酵。

一天上午，天气出奇的冷。阴沉沉的天空，飘着漫天的白蝴蝶。小李子把卷闸门半开着，又埋着脑袋，在机器上忙碌起来。忽然，砰砰几声闷响，卷闸门下面，钻进来一男一女两个藏族老乡，头上的雪像回到家的孩子，欢快地四处散开。藏族老乡喘着粗气，那气体在空气里游了一会，都冷冷地跑到了小李子脸上。

小李子抬头一看，不由暗喜，嗯，大生意来了。他立即站起来，满脸堆笑，用半生不熟的藏语打着招呼。

你还别说，小李子的手艺还真的不错，那挂在墙上的藏服，每件都是针眼细密匀称，线条流畅自然。在川话和藏语的较量之下，最后，小李子竟然大获全胜，以每件五十元的价格计算，成功"嫁掉"了八个宝贝，共得彩礼四百元。嘿嘿，这样的生意，如果每天来它几单，那该有多好。

也是哦，在那时候，万元户可是很多人的梦想呢。

钱货两清后，藏族老乡也不急于离开，两人拿着衣服试了又试，刚穿热乎又脱了下来，反复试穿几次，才放心地放进尼龙袋子里。小李子见此，不由担心起来，他们这样脱来脱去的，会不会感冒呢？他正想着，只听见啊一声大叫，只见藏族男老乡仰天倒地，已不省人事。藏族女老乡可能吓坏了，束手无策，呆呆地看着，不知如何是好。

小李子反应很快，立马背起藏族男老乡往医院走。连店门也来不及关了，救人要紧。这时，藏族女老乡才回过神来，拿着尼龙袋子跟在他们后面奔跑。小李子比较清瘦，此刻，也不知哪来的力气，竟然背得稳稳当当，远远望去，像一朵会跑的大蘑菇。幸好医院离市场不远，十多分钟就跑到了，然后，他又在医院一阵忙碌，总算安排妥当。

小李子喘了几口粗气，这才想起店子无人看守，又马上打起飞脚往店里赶去。回到店里一看，谢天谢地，墙上的衣服和布料一件不少。又翻了翻桌子下面的铁盒子，二百零八元钱还在里面躺着。他又陡然想起，前两天的货款，是放在贴身的裤袋里的，本来，准备今天下午拿到银行去存的，加上刚得的四百元钱，一共是三千四百元。他顺手摸了摸，不由得吓出一身冷汗来，裤袋里空瘪瘪的，什么都没有。他脑壳一懵，差点站不稳了。他不知道这些钱何时不见了，是在去医院的路上呢？还是在医院里呢？他想来想去，脑壳一片混乱，在店里走来走去，脸上愁云密布。如果慧知道了，又会是一场没有硝烟的战争。三千多块钱，在当时应该算是一笔大钱了。那么，就可以想见，等慧买菜回来，这场战争肯定会毫无悬念的爆发。

整整三天，小李子的藏服店都没有开门，像已经去了别的地方开藏服店了。其实，夫妻哪里都没有去，那个慧竟然在店子里躺了三天，小李子被她骂得晕头转向，已经躲到老乡家里去了。他如果待在店里，慧就蒙头躺在床上，不吃不喝，像死去了一样。他如果出去了，慧就悄悄地起来搞饭或下面条吃。

所以，我如果跟慧近距离站着，总感觉有股奇怪的味道向我飘来，顿时，我居然有种怀了孩子的反应，只想呕吐。我想，难道人的心情不好，所发出的气味也这么难闻吗？而在平时，我从来没有过这样的感觉。

慧在做饭的时候，仍然边骂边掉眼泪。

我开玩笑说："你眼泪水掉在菜里，还省了盐钱，要是滴在电炉上，肯定会哧地叫一声。"

慧低着头不回应。

我看到她太过于伤心，眼睛已经肿得像两个猪尿泡，人也憔悴了很多，模样当然就不好看了。我说："不管怎样吧，还是身体重要，钱掉了可以再挣，何况，你老公也是因为帮助别人嘛，这是一片好心，好人是有福报的。"

不知是我的话起了作用，还是她已经筋疲力尽了，竟然止住了哭声。

第四天一大早，阳光暖暖地照在雪地上。整个市场顿时活了起来，早起的人多了，融化的雪水便在市场里撒娇。慧刚打开店门，阳光便跟着走了进去。几天没有打扫，店里略显脏乱，慧便拿起扫帚搞卫生。这时，在案板下面的布料中，她发现一个包得严严实实的尼龙袋子。打开一看，是一根根活灵活现的虫草，其重量少说也有一斤吧。慧怔怔地看着这些虫草，脸上浮现出奇怪的笑容。

　　半个月后，那个藏族男老乡来到小李子店里，带来了牦牛肉和核桃等礼物，说是来感谢他的。小李子笑着不肯接受礼物，那个藏族男老乡哪肯听他的，把东西放下，正准备起身离去，这时，慧走了出来，手上拿着那包虫草，说："这是你上次忘记拿走了。"

　　此刻，那被尼龙袋子包着的虫草，在阳光的抚摸下，仿佛都活了起来，它们扭动着柔软的身躯，慢慢地爬向高原的最深处，渐渐地，便可以看到一条条弯弯曲曲的印子，那像是通往天堂的阶梯。

　　也许，在那个离天空最近的地方，那个能闻到雄鹰气息的地方，才是它的家乡。

>>> 太阳越爬越高，万丈光芒从雪山旁边射过来，像在拥抱着我，
那种温暖的气息，在四处蔓延开来。

小小录像厅

那时，每当夜幕来临，对面楼上就会传来阵阵歌声。我听得最多的是《糊涂的爱》——这就是爱，糊里又糊涂，这就是爱，能保持着糊涂的温度……歌声在高原上空不断回荡，似乎是有所指，又似乎是想唤醒沉睡的雪山。

我已经习惯了这歌声，当然，也只记得这几句。因为当时我家里也很热闹，老乡们都挤在这里看录像。有的坐在柜台旁，有的坐在货架的货物上。天气太冷，电炉旁边早早就围满了人。虽然，我不喜欢别人坐到那些装满衣服的蛇皮袋子上，可是，碍于面子，我又不便说出来，只是盼望这个录像片早点放完。

说真的，他们坐在货物上面还不要紧，我是害怕那两个烟鬼乱丢烟屁股。有次，我的一件高领毛衣，就"活生生"地被他们的烟屁股烫出两个洞来，像缺了眼珠的盲人，可怜得很。当时，去成都荷花池市场的进价都要几十块，起码相当于现在的两百块钱。你说，我能不心痛吗？

但这样热闹的场面，几乎持续了一年多。

后来，我隔壁店里的老乡，也买了一台录像机，于是，他常常向我借带子（我们管录像带叫带子）。这个老乡嘴巴上虽说是借，其实，大都是肉包子打狗，有借无还。我想，反正是看过的带子，也就无所谓了，他即便不还给我，我也不会问他要回来。

最让人烦躁的是，我刚买的新带子，自己还没开封，他就厚着脸皮抢着借走了，等到他还给我时，居然不是放不出，就是卡死了。天知道，我的带子经历了怎样的严刑拷打，满身竟然伤痕累累，光滑的皮肤，硬是被折磨得乱七八糟，能够放得出来，那才奇怪呢。如此几次，他再来借，我就找理由不借给他了。后来，我才知道，他的小孩居然把带子当作玩具，在地上溜来溜去，还时不时地拿东西敲打它。小孩可能在想，带子里面有这么多的人和东西，都到哪里去了呢……我想，可怜的带子一定在大声地呼唤我，等着我去把它们抢救出来。

我家热情好客，那些老乡关了店门，都会准时地来我这里看录像。隔壁家里即使有录像，他们也不会去的。你说，谁敢去他家里看呢？他那个老婆，不喜欢别人去她家里，谁去她家，她就板着苦瓜脸，茶水都舍不得让别人喝，还说什么电炉烧水电费很高，划不来，交电费交得心里痛。如果有人带着小孩去她家，小孩哭闹几句，或拉屎拉尿，她就会跳起脚大骂，一点也不顾及老乡的情面。你说，别人还想去吗？

有时候，我家里实在坐不下了，女人们就挤到我床上，把我挤到角落里，像个木头人一个晚上都动弹不得——这也就算了，我尤其烦恼那个外号叫油姑子的胖婆，她那张坑坑洼洼的脸上，就像刮了几层荔枝灰，仿佛只要张开嘴巴，或者轻轻地碰撞，那厚厚的白灰就会从天而降，搞得我床上充满了刺鼻的脂粉味。最可怜的还是我的床铺，每次油古子挤了上来，它就急得吱呀乱叫……

后来我想，老乡们这么喜欢看录像，藏族男女也一定会喜欢看的，说不定，这是一门好生意。于是，我就跟家人商量，干脆去市场大门那里租个房子，专门用来放录像。这时，有个老乡恰好要回老家有事，房子空着也是空着，正愁找不到下家，所以，我们一说，他就同意了。

那老乡的房子大约三十平方米，也没有堆很多东西，只需要搞一下卫生即可。我们便买来木板，稍稍加工就成了板凳。他们看一场录像，只需要花五毛钱。而我有几百盒带子轮流上阵，生意竟是空前的好。

当时，录像机也是比较稀有的。我记得有天晚上，进来了几个康巴大汉，一边搓着冰冷的双手，一边说着叽里呱啦的藏语。他们的狐狸毛帽子上，还有厚厚的一层雪花，时不时地掉下来几片，像落叶。然后，他们在房子里转来转去的。我以为他们是冷，想找火炉吧。搞了半天，才明白，他们是肚子饿了，想来我这里找东西吃。还好，旁边有个小商店，我便提醒他们，叫他们赶紧买东西充饥。然后，他们又来到我的录像厅，交了钱，他们才安静下来。这时，奇怪的事情发生了，因为还没有放上几分钟，他们竟然就挤到录像机后面去了。我想，他们好好的凳子不坐，挤到录像机后面做什么呢？我正迟疑着，他们居然问道："哎，你是怎样把那些人赶出来的呢？天气这么寒冷，也不给他们衣服穿，他们难道不会冻坏吗?"

哦，原来如此。我的娘哎，这叫我如何解释呢? 如果我用家乡话解释，他们又听不懂，可是，要我说藏语，说来说去，也只会说那么几句，他们肯定还是不明白的。我想，怎么才能解决这个问题呢? 想来想去，没有一个能够让他们明白的说法。最后，我只得硬着头皮，哄着他们说: "你们放心吧，等下我就让他们都回去了，是不会冻坏的。" 我话是这样说了，不过，那晚上我像个犯了错的人，竟被他们监视了一个晚上，他们警惕地看着我是否玩了什么法术。

如果看到兴奋处，他们就站在板凳上大喊大叫，双脚在凳子上踩得震山响，喊声以及踩脚声，像一台大型音乐会，也像是在参加某个热闹的活动，似乎不如此，就不能表达其兴奋的心情。当然，还包括口水味，香烟味，他们的体味，充斥着整个空间，我似乎闻到了牦牛的味道。

这时，我顾不得那么多了，急忙跑上前去，满面笑容地向他们解释，并请他们安静地坐下来。我担心木板凳万一不堪重负，摔伤了人那就麻烦了。最重要的是，他们腰间都别着一把精致的藏刀，如果出点小状况，那也是不得了的。当然，一般是不会有什么事情的。因为在通常的情况下，他们是不会对女人动手的。

熟悉的歌声，再次钻进我的耳膜。刺骨的寒风忙碌了一个白天，竟然还不知疲倦，继续在歌唱着。月亮高高地挂在天上，似乎也被这歌声迷住了，舍不得离去。热闹了一天的市场，只剩下一些散落的沾着灰尘的尼龙袋子，娃哈哈瓶子，以及枯干的菜叶，在月光下不停地旋转着，久久徘徊在地面上不肯离去。

一直到深夜，我的录像厅也就要散场了。

裸在怀里的小女孩

那天，我从成都荷花池市场进货回来，几个大蛇皮袋子，横七竖八地躺在仓库旁，简直像没妈的孩子，孤零零地歪倒在地。袋子上面，还有装货时卖方踩上的斑斑脚印。当时，我一再叮嘱卖方，不要把我进的毛衣棉衣等货物踩脏踩烂了。对方笑笑地说："放心吧，这是踩不坏的，我帮你装紧点，不但可以多装些货，你还能节省一点油费呢。"

他说是这么说，我还是忐忑不安，眼睛尖锐地盯着他，像盯着伺机作案的罪犯，如果某件衣服被他踩发了线，我要立即拿出来让他调换。

因为上午来的顾客比较多，所以，我要等到中午人少的时候，再去清理货物，把它们一一地挂起来展示。但，我已经感觉到又冷又饿了，不想再动弹。寒风呼呼地刮着，刮得人心烦意乱。最讨厌的是，它还带着一些不速之客，像飞扬的尘土，像尼龙袋子，还有菜场里飘来的牦牛肉的味道。原本，我是喜欢吃牛肉的，但这种味道却并不好闻。

吃罢中饭（其实，也就是用高压锅煮碗面条而已，高原上的气压很低，一般的锅子煮面条，是根本煮不熟的），然后，我才开始整理货物，按颜色，尺码把衣服分好类，忙得不亦乐乎。其实吧，有很多老乡只吃早饭和晚饭，我也曾经试过几天，却饿得胃痛，于是，再也不敢节省这餐饭了。

"嬢嬢，嬢嬢，拿件毛衣给我看看。突然，一个粗犷而豪放的声音响起来。"

我一边应着，一边马上转身去取毛衣。咦，这时不知从哪里传来了小女孩的哭声，声音呜呜咽咽的，且断断续续，像只饥饿的小猫发出的哭声。我惊讶地四处看了看，却并没看到有小女孩。我正纳闷，这声音到底是从哪里发出来的呢？不会是我听错了吧？这大白天的，虽说高原极其神秘，也不会有什么鬼怪离奇的事情发生吧？

说实话，虽然店里有个藏族男人，我还是感到有点害怕。

我胆怯的目光，投向站在面前的这个藏族男人，希望他能够解除我心里的疑虑，或给我壮壮胆子。

那个藏族男人，高高大大的，脸色极其平静，甚至还含着微笑，实在看不出他对这种奇怪的声音，有着任何疑虑。我想，他难道没有听到这奇怪的声音吗？或者是，他的耳朵有毛病？或者是，他曾经听到过这种莫名其妙的声音，所以并不感到惊讶了吗？

我仔细地打量他，希望他立即做出决定，用什么高超的手段来消除这种声音，因为那种声音还在呜呜咽咽钻进我耳里。他却没有任何动作，这有点让我失望。

男人戴着灰色的狐狸毛帽子，而且，是整只狐狸的皮毛。如果放在某个观赏的地方，别人还真以为是只活狐狸呢。他穿一件长大的衣服，里面有白色的羊毛里子，不过，现在看起来，白色的羊毛似乎有点污了。他一只手穿在袖子里，另一只手则放在外面，初一看，不明就里的人，还以为那空着垂下的袖子，是个没有手的残疾人。他的腰间围着一个鼓鼓的腰包，像吹足了气的气球，肚子那个部位，也是鼓起来的。

我开始还以为，他的肚子真的有那么大。仔细一看，又似乎有个东西在动弹。他看到我疑惑的目光，便无声地笑了起来，立即伸手从怀里一掏，妈妈娘哎，竟然掏出一个光溜溜的小女孩来。小女孩忽然停止了呜咽，她白白的，软软的，肉肉的，头发自然卷翘，一双清亮的大眼睛安静地看着我，好像在说，我好冷，快帮我穿衣服吧，好吗？又好像在说，刚才是我在叫呢，你怎么就感到奇怪呢？

哦，原来如此，我终于释然了。并且，笑着向小女孩招了招手，又用疑惑的眼光向藏族男人发问。当时，我的确感到极其惊讶，这零下二十几度的天气，滴水成冰，他为什么不给小女孩穿衣服呢？难道不怕她冻坏了吗？或是，那个小女孩是刚刚捡来的？

我百思不得其解，就用藏语问他，没想到，他竟然轻描淡写地说，我这衣服里面都是羊毛，哪里会冻坏呢？

我又指着小女孩，问他："她的头发怎么卷的那样好呢？"

他回答道："这是自然卷。"

藏族男人买完衣服就走了，跟着他一起走的，还有那叮叮叮的鞋子声。而那裸着身体的小女孩，却给我留下了深刻的印象。尤其是那双大眼睛，就像高原上的雪，是那么的清亮，是那么的纯洁无瑕。

桌球趣事

太阳越爬越高，万丈光芒从雪山旁边射过来，像在拥抱着我，那种温暖的气息，在四处蔓延开来。市场里也渐渐热闹起来，休息了一夜的桌球台，似乎也消除了疲劳，精神抖擞地准备一天的工作了。把桌球台摆在我店铺门前的，是个四十出头的四川女人。她没事的时候，就拿件毛衣坐在我门口编织。动作娴熟，眼明手快。我很好奇，她那双眯眯眼，难道能够看清这细细的毛线吗？何况，还要织出复杂多变的花样来。常言道，小眼迷人，大眼勾魂。可是，我每天跟她一起，也没觉得有什么迷人之处啊？

如果生意来了，她倏地一下跑开了，像离弦的箭，从她身上掉落的毛线球，便可怜兮兮地在地上转圈圈，似乎是对她无声的抗议。我把它捡起来，拍了拍灰尘，放在她的布袋子里。在她这里打桌球的男女老少，时而发出遗憾的声音，时而又响起胜利的欢呼声。手持球杆的人，目光冷静地望着台子上的球，像盯着沙盘的军事指挥员，在分析到底从哪里打响第一枪。而那些站在旁边观战的人，神态各异，有的希望某人能够顺利地打进洞里，有的则对某人的水平流露出一丝讥笑，大多数的人，则抱着无所谓的态度。其实，无论他们是何种神态，我都不在意，我担心的是那些藏族汉子，他们的力气大得很，有好几次，他们竟然把球打到我店里来了，砰砰之声吓得我够呛，我赶紧双手抱着脑壳，迅速做出躲藏状，以免惨遭球弹的攻击。

有次我正在卖衣服，一个球箭一般飞了过来，从我头顶上呼啸而过，"砰"的一声直接砸在我身后的货架上，幸好货架是木头做的，只留下一个浅浅的痕迹。如果是玻璃做的，那就麻烦了，玻璃粉身碎骨还是小事，飞溅的玻璃碎片肯定会扎伤人的，其后果不堪设想。为此，我曾经说过那个眯眯眼女人，叫她留点神，提醒持杆者注意击球的方向和力度，以防不必要的流血事件发生。要么，就不要把桌球台摆在我店门口，因为距离太近了，害得我时时担心球弹飞来。"眯眯眼"居然充耳不闻，很固执，好像这是她的领地。当然，我也很固执，决心要把她驱逐开来，至少不要对我产生威胁。我说着半生不熟的四川话，对她警告过好几次，她才不太情愿地把桌球台往后面挪了挪。

　　打一盘桌球，虽然只有五毛钱，可是，在那个时候，这个收入还是比较可观的。眯眯眼可能意识到，桌球台虽然离我店子远了一些，还是会给我带来某种危险吧，所以，趁我没事时，她总是邀我打桌球。我想，打就打吧，反正是免费的，这大概是她对我的一种弥补吧！

　　刚开始，那些彩色小球，好像跟我有仇似的，你越想叫它进去，它就是不进去，极其固执，甚至还骨碌碌地跑到地上去了，好像在嘲笑我说，我就是不进去，你又能拿我如何？有时，甚至飞到那个"川耗子"的猪肉摊子里去了，巧妙地躲藏起来，总是害得我一阵好找。

　　那个四川老乡——我们戏称为"川耗子"的男人——虽然球弹让他吃惊，却也不生气，笑笑地看着我，任我在他的摊子上寻找，甚至嘻嘻哈哈地说："你肯定找不到了，它已经飞到天上去了，呵呵。"我说："我就是挖地三尺，也要把它找出来。"他仍然笑着说："那你就找吧。"如果弹球打在别人摊子上，别人肯定会生气的——就像以前球弹飞到我的店里。其实，他不生气的原因很简单，他明白，这肉啊，这小菜啊，我们都要到他那里购买。

你说，他怎么会生气呢？

我打桌球的水平很差，老是在地上捡球，所以，我得好好练习才是，以免人家笑话。尤其是眯眯眼，既要怂恿我练习打桌球，又要站在边上冷嘲热讽，她居然学着"川耗子"男人的话，说，你又打到天上去了。嘴巴宽宽地张开，与她的眯眯眼形成很大的反差。我不怕她讽刺打击，甚至还对她报以微笑。

渐渐地，我感觉有些顺手了，那些球似乎有点听我的话了，所以，偶尔还能打进去一两个球。比如，有两个挨着洞口的球，我就趴在台子上，眼睛顺着球杆瞄去，琢磨怎样才能把它打进洞里。可是，又出现情况了，每当我快要打进去的时候，那个眯眯眼女人竟然调皮捣蛋，总是出其不意地在我屁股上啪啪拍几下，弄得我瞄准半天的球，又讨厌地跑走了。我满脸不高兴，作势要拿球杆打她，她却双手挡住我，连连说，她是在为我加油。

我想，哪有这样为我加油的呢？她完全是在捣蛋，嫉妒我进步很快嘛。哦，或许是，她看到我的屁股又圆又好看，在妒忌我吧？不然的话，她为什么老是拍打我的屁股呢？有时候，我甚至怀疑她是不是同性恋。哈哈，这可能是我想多了吧？

时隔多年，雪山上的雪还未融化，也许，它们永远也不会融化了。可是，摆在市场外面的那些桌球台子，却早已不见了。它们有的已无影无踪，随着主人走向了远方，有的则已经登堂入室，再也不用担心日晒雨淋了。

也许，某天我还会去打一盘桌球，却再也不会有人在关键时刻，出其不意地来拍我的屁股了。

结冰的头发

高原上，一年四季气温都不高，我带去的那些夏装，只能躲在柜子里暗暗哭泣，所以，我每每打开柜子，总有一丝伤感涌上心头。它们曾经是我的最爱，现在，却被委屈地锁在这暗无天日的柜子里。这里的阳光明明那么强烈，可怎么感觉还是那么冷呢？

我缩着脖子，把头埋进衣服里面，一阵风吹来，我忍不住打了个寒战。天气干燥，寒冷，风沙也大，仿佛要把我们这些外地人赶回老家似的，而且，它用极其嘶哑的嗓音，不厌其烦地日夜奔跑。正因为它的日夜奔跑，所以，我脸上已经被强行画出了两个"红苹果"，这就是所谓的高原红。唉，它真是不太讲理了，也不问问我喜不喜欢这种高原红。尤其是我店子的卷闸门，竟然还具有节奏的舞蹈着，我还以为是流浪的人来敲门了，吓得躲在被窝里，大气都不敢出，浑身瑟瑟发抖。

电炉旁边是一张小木桌，木桌下面，是一只淡蓝色的铁桶。我前一天提来的水，只要放上一夜，上面的水就会变成一块又大又圆的镜子，好像给水桶加上了一块免费的盖子，让人舍不得毁坏。但是，我

需要用水，所以，又不得不残忍地拿起锤子，砰砰地把它敲成碎片。在敲击的时候，我分明感到了一丝不安，因为此时的大镜子，在我眼中就好像是一件完美的艺术品。它制作的时候，需要很多的时间和功夫，而我舍弃它的时候，却只需要短短的一瞬间。

虽然天气寒冷，可是，我的头发还得跟在老家一样，隔个两三天，就得洗洗，如不按时清洗，它就调皮捣蛋，老是挠得我心烦意乱。所以，我只能端来一大盆热水，让它品尝到我的勤快。这样反复洗濯几次后，我打开电炉，顿觉全身温暖多了，便拿起放在柜台里的杂志，津津有味地读起来。要知道，读杂志是我打发时间的有力武器。电炉子十分红火，卖力地工作着，和寒冷的空气进行着较量，这似乎是一场没有硝烟的战争，我分明看到了热与冷在做着殊死的拼杀，简直惊心动魄。这时，我的手和脸感到了阳光般的温暖，却哪知刚刚洗过的头发，已经在悄悄地发生某种变化。那就是，头发已经背叛了我，而且，是在我毫不知情的情况下。

过了一阵子，我总感觉到背后有个什么东西在动弹，像小动物的嬉闹，甚至还时不时地扯着我的头发，我感觉有点刺痛。我面露愠色，回头一看，又没有看到什么东西。这到底是什么鬼呢？我有点气愤了，忽地一下站起来，转过身一看，哦，我这才看清楚，原来是隔壁老乡家的呱呱娃在调皮。

我恼火地问道："喂，你躲在我背后干啥子？"

呱呱娃说："孃孃，你头上有冰棒的嘛，我想吃嘛。"一双透亮的大眼睛看着我，不像在说假话。

我有点不相信，伸手摸了摸头发，天啦，头发竟然像乡村的那种粘布壳子，上了一层浆，硬硬的，仔细一摸，还真的摸到了几根特殊的小冰棒。

哈哈，洗了的头发立即结了冰，我还是头次遇到。

我笑起来，捉住呱呱娃的手，叫他喊她妈妈给我拿冰棒钱来。

呱呱娃一听，急得大喊："好妈妈，快来救我……"

>>> 这么多年过去，市场还在，雪山也在，不知道这六个活宝都
跑到哪里去了？

壹拾篇

「六个活宝」

一大清早，隔壁铁货铺里便传来叮叮当当的声音。

　　我知道，准是她家的六个活宝又在调皮捣蛋了。这些声音，在大清早显得那么刺耳，扰得人心烦意乱。我本想在心里骂，吵吵吵，吵个锤子啊！没有想到的是，我一时没有注意，加上隔音效果不好，从心里发出的声音，竟然传到隔壁去了。只听见稚嫩的童音扑了过来，孃孃，我们不是在吵锤子，是用锤子在敲东西呢。不信，你仔细听听。顿时，一阵更大的声音传了过来，似乎要告诉整个市场里的人，快起来看哦，我们的确是用锤子在敲东西呢。

　　这六个活宝，年龄最大的才十岁，最小的只有三岁，其中有两个是双胞胎，还都是清一色带"锤子"的。他们站成一排，像楼梯杠子一样，看起来巴适得很。曾经有个老乡开玩笑地对活宝们的妈妈说："刘班长，你这样生崽像母鸡下蛋呢，裤头扯下便有一个，再扯下又是一个，要是所有的女人像你这么生儿子，只怕这雪山上的雪都会被他们吃光的。"被大家戏称为刘班长的妈妈，却不是吃素的，白了那个老乡一眼，说道："有本事先让你家老婆怀孕再说。"顿时，那个老乡脸上一阵红，一阵白，不好意思地笑了笑，颤抖着从屁股后面摸出一根烟来，点了几次火才点燃。

我刚打开店门，六个活宝便像耗子一样，迅速地钻进我店里。有的像猴子般地爬到货架上面，有的则像耗子般地躲在柜台下，好像这是他们自己的家。这还没有什么关系，最烦的是那两个小的，鞋子都不脱，竟然钻进我的被窝里。当我掀开被窝作势要打他们时，他们清亮的大眼睛直直地望着我，好像在说，孃孃，天气太冷，我们是在给你暖床呢。看着他们像红苹果一样的小脸，我的心瞬间便被融化了，哪里还舍得下手？再说，我天生喜欢小孩子，看到他们纯洁的眼神和灿烂的笑容，我所有的不开心顿时烟消云散。

一天，吃腻了面条的我，想去市场对面的小店子买酸辣粉吃，便叫这些小家伙帮我看店子。别看他们平时在我这里疯来疯去的，说要他们帮忙看店子还是非常认真的。话音刚落，他们便齐刷刷地在我面前站成一排，像菜园里举着脑壳晒太阳的白菜。看到他们这么乖，我便放心地买米粉去了。

那天买米粉的人比较多，排队耽搁了一些时间，等到我回店里的时候，发现柜台里的带锁的笔记本竟然少了二十几本。我的心猛地往下一沉，一种恐惧感在心中蔓延开来。我不知道店里其他的东西是否丢失，便赶忙查探。谢天谢地，挂在墙上的衣服和裤子都没有少，柜台里其他的东西也都还在，我捂住胸口，长长地舒口气，心中的不安便慢慢消失了。但是，我又觉得奇怪，要是真有小偷的话，墙上的这些衣服裤子，不是更值钱更容易到手吗？

我百思不得其解，便问帮我看店子的活宝们。他们开始都说不知道，小脑袋摇得像拨浪鼓似的。

我说："谁告诉嬢嬢这些笔记本的去处，我就给谁酸辣粉吃。"

那个最小的家伙，舔了舔嘴唇，突然说道："嬢嬢，我知道，它们被我们放在铁桶里洗澡呢。"

啊！我大吃一惊，赶忙从木桌下拖出铁桶一看，我的娘哎，笔记本正在铁桶里哭泣呢。他们见我不说话，便抢着说："嬢嬢，是不是我们没有把它们洗干净？你去吃米粉吧，我们帮你洗。"

我的天。此刻，我真想在他们头上敲几个栗壳子。总之，我真的不知道说些什么才好，因为我已经气得说不出话来了，只得在心里恨恨地骂道，吃个锤子，排了个锤子队，到头来，一碗米粉吃去了半个月的生活费。这重庆的酸辣粉吃起来安逸得很，不过，这也太贵了吧？

我只好自认倒霉。

被水浸泡的日记本全部报废，虽然不是很多钱，心里还是有点难受的。想想，还是自己做事欠缺考虑，怎么能要小孩子看店子呢？而且，还是几个活宝呢？

第二天早上，我没有像往常那样听到隔壁叮叮当当的声音。人就是这样怪，明明很讨厌听到的声音，突然消失了，心里似乎有种失落感。这纷乱的思绪便像窗外飘飞的雪花，不知要落到哪里。寒风夹杂着雪花，在窗外来来回回地敲打着，玻璃震动的声音，以及卷闸门哗啦哗啦的声音，在寂静的清晨显得格外刺耳。不知过了多久，我又迷迷糊糊地进入了梦乡。等我再次醒来，市场里已经很热闹了，到处都是空着一只袖子走路的藏族老乡。他们的鞋子发出叮叮的声音，就像是在往坚硬的墙上打钉子。

　　我赶忙去货架上整理货物，今天这么多人，又出了太阳，生意一定很好。货架上的衣服，被几个活宝搞得有点凌乱，我得仔细地按照颜色和尺码好好摆放。突然，店里响起一阵铁锅炒菜的声音。咦，这是怎么回事？我赶忙从货架上滑下来一看，原来是几个活宝又来了。

　　"我问道，你们把铁锅拿出来干吗？小心你们妈妈让你们吃笋子炒肉（竹片打屁股）。"

　　他们却异口同声地说道："是妈妈让我们来的。"

　　那个大活宝解释说："小弟昨晚回去告诉了妈妈，说我们把隔壁孃孃家里的日记本洗了澡，孃孃好像不太高兴。"小弟说："孃孃为什么不高兴呢？为什么不高兴？"妈妈吼道："你们这几个瓜娃子干的好事，洗了澡的日记本，哪里还能卖出去？我要打死你们这几个瓜娃子。"妈妈的手还没有落下来，小弟就吓得哭了起来。那个大活宝说着说着，笑了起来，其他的五个活宝也笑了起来。第二个活宝说，所以，妈妈要我们拿个铁锅子赔给孃孃。

　　也许，刘班长说的是气话，就算是这样，我也不可能要她赔的，于是，我把铁锅连同那几个活宝一起送了回去。

　　从那以后，那几个活宝很少来我店里，即使来了，也是规规矩矩地玩一下便走了。我想，可能是他们害怕吃笋子炒肉吧？

　　谁料没过多久，他们又恢复了常态，吵啊闹啊，只是不给我的笔记本洗澡了。

　　可是，后来我做梦也没有想到，隔壁每天清晨的"音乐交响会"，

竟然被六个活宝直接搬到了我的店门口。你看啊，有锤子敲击水磨石地板的声音，有模仿高压锅上汽的声音，以及钢卷尺拉来拉去的声音，等等。搞得我脑壳都快爆炸了。最可恨的是，他们可能嫌声音太小，竟然用锤子敲打我店子的卷闸门，嘭嘭，嘭嘭嘭。一边敲，还一边齐声大喊："孃孃，孃孃，快起来，快起来！天亮了！"

　　我把头埋进被窝，心里烦躁极了。本来，高原上就冷得很，一般的藏族老乡要九点多钟才起床。而我们正常起床的时间是八点钟。现在，才七点不到就被他们吵醒了，我简直烦透了。六个活宝似乎不知道我此刻的心情，喊声是居然越来越大，估计天上的雄鹰都被吓住了。唉，真不知道刘班长是如何过的。我终于忍无可忍，把棉衣往身上一搭，忽地一下，把卷闸门往上一拉，六个活宝一怔，安静了几秒钟，忽然，像看到了远方青草茂盛的马儿疾驰而去，只留下大小不一的脚印凌乱地摆在雪地里。

我想，可能是我的态度吓倒他们了。也有可能是，他们知道自己做错了事，害怕打骂，所以，才会跑得这么快。说真的，我还是佩服活宝们的危险预知能力，不然，他们怎么可能跑得那么快呢？快得让我没有发挥恶骂水平的机会。那么，我满腔怒火向谁发泄呢？难道对着空气吗？不，绝不，这样会让人觉得我是个神经病，大清早便在市场里咆哮。所以，我能够想象得出来，老乡们先惊讶地看着我，然后，合力把我绑在椅子上，再打医院的电话。然后呢，便没有然后了。回到床上的我，翻来翻去地睡不着了，心想，今天那六个活宝肯定不会再来吵了。这该是多么安静而又舒服的一天。

一个多小时后，六个活宝竟然又来了。

每个人的脖子上挂着一个白色的尼龙袋子，袋子里装着一个大煎饼。走着整齐的步伐，一边走，嘴里还喊着口号："一二一，一二一。"这样子，这阵势，就像是为了欢迎某位大人物，而特意操练的仪式和队形。袋子里的煎饼在他们的脖子上晃来晃去，好像在为他们加油鼓劲。

看着他们这个可爱的样子，我之前所有的不快，都随着这"一二一"飞走了。这时，他们恭恭敬敬地站成两排，对着我齐声喊道："孃孃，我们错了，请原谅我们好吗？我们请你吃煎饼。"

我没有想到，他们来这一招，一时竟然不知如何是好。犹豫片刻，我说："好吧，既然你们知错就改，还是好孩子，孃孃就原谅你们吧。下次，如果大清早再到孃孃店门口开音乐会，孃孃就不理你们了。"

他们听我说完，争着把袋里的煎饼往我嘴巴边送，挤来挤去的，生怕我不理他们了。这怎么办呢？我总不可能把六个煎饼都吃掉吧？万一我吃不完，他们又会以为我没有原谅他们。

想来想去，我终于想出一个好办法，叫他们六个围成一个圆圈，我便站在中间，在每个人的煎饼上，做样子似的咬一口。他们呢，也很有趣，把带着煎饼香味的小嘴巴朝我脸上啃。好像是我吃了他们的煎饼，他们就要补回去似的。这几个家伙鬼精得很，不知道长大了，要祸害多少美少女呢。他们欢呼着，跳跃着，袋子里的煎饼都差点掉落了出来。哦，孃孃原谅我们了，我们又可以到孃孃家玩啰！我说，你们别高兴得太早，孃孃可要看你们的表现哦。

从那以后，六个活宝每天早晨站成两排，一边三个，守在我家店门口。我一开门，他们便齐声大喊："孃孃，早上好！我们好喜欢你哟！"听到他们稚嫩而又深情地呼喊，我心里别提有多舒服了。可能是因为心情好的原因吧，店里的生意也越来越好了。

那段时间，也真是奇怪，以前卖不动的衣服和裤子都卖得差不多了。店铺墙上只剩下稀稀拉拉几件衣服，孤零零地挂在那里，感觉整个店子空荡荡的。我正想去后面的货架上清理货物。看哪些货物卖完了，需要马上补货的，哪些需要拿出来挂样品。我刚要进去，那六个活宝便溜进来围在电炉边烤火，边互相打闹。我不由自主地望着他们，电炉丝红红的火光，映在他们的小脸蛋上，他们的小脸乖，就像迎着太阳微笑的向日葵。

突然，我好像听到柜台开启的声音，急忙撩开帘子一看，哦，六朵向日葵仍在烤火。今天他们可真乖，我心里这样想。可能是我担心笔记本又被他们洗澡吧，所以，才会这么紧张。

"孃孃，孃孃，来了很多人买东西了，快出来！快出来！"凌乱的声音响了起来，我开始还以为真的来了很多人，想想又不对，因为康巴汉子进来，鞋子上会发出声音的。这几个瓜娃子想骗我，看我怎么收拾你们。于是，我假装摔倒在地，哇哇大叫，连喊哎哟。这招果然奏效，他们几个一下子跑了进来，七手八脚地把我扶到凳子上。摸摸我的屁股，带着哭声说："孃孃这里痛么？我帮你吹下好吗？还说他那天脸上痛，他妈妈就是帮他吹下就不痛了。"还有两个竟然直接把手往我的肚子上摸，我说："摸我的肚子干吗？我又不是肚子痛。"他们说："妈妈说过，肚子痛，娃娃拱，生个崽，半斤重。"哈哈，莫不是他们以为我要生宝宝了吧？我再也忍不住了，大笑起来。

说真的，我还真的担心他们回去告诉刘班长，隔壁的孃孃要生宝宝了，那么就丑大了。我这一笑，直笑得他们摸不着头脑，眨着眼睛跟着我傻笑。哦，莫不是看到我笑了，他们还以为是他们摸好的呢。

其实，别看活宝们每天在我家疯来疯去的，我也把他们当成自己的弟弟一样看待。但是，刘班长跟我的关系并不是很融洽，也不是说有什么大的矛盾，我就是看不惯她那副卖牛肉的脸，见谁都是冷冰冰的，好像和谁有仇似的。因此，在一般情况下，我们很少打招呼。有时呢，我又想，她的笑容是不是都被活宝们磨光了呢？这样一想，似

乎又能理解她了。

　　说来也怪，在六个活宝中，前面四个像是从一个模子里刻出来的，而后面两个双胞胎，完全和那四个哥哥脱根脱叶，难道他们不是一个妈妈或爸爸生的吗？这个问题，一直在我脑海中挥之不去。

　　一天早上，隔壁传来一阵怒吼声，只听到活宝们的爸爸吼道："吃，吃，吃个锤子，老子还欠你们两个瓜娃子的。"顿时，那两个小活宝的哭声一阵大一阵小，在清晨的高原传得很远。不过，我始终没有听到刘班长接腔，好像骂的不是她的孩子，跟她没有半毛钱关系，又好像是害怕接腔，会引起男人更大的愤怒吧。总之，我也说不清楚。

后来，我才知道，活宝们的爸爸只买了四个煎饼回家，没有双胞胎兄弟的份了。而在平常时候，他都一视同仁，对每个活宝都很好。那么今天，又是为什么呢？

六个活宝的名字叫起来不太顺口，我便叫他们大宝、二宝、三宝……但是，又感到有点俗气，便用藏语喊吧，比如大宝（鸡），二宝（妮），三宝（松），四宝（姨），五宝（鸭），六宝（足）。经常是我刚喊出口，他们便捂住肚子大笑起来。说：“嬢嬢，你怎么给我们取些稀奇古怪的名字呢？鸡肉松，你鸭足，哈哈。”我说：“这还算好名字呢，我是喜欢你们呢。”后来，我便干脆简单化，对着隔壁喊道，鸡鸭快来，他们便像饿龙山上的老虎，一扑便扑进了我怀里。

六个活宝我都喜欢。

但是，印刻最深刻的只有三个，一个是大宝，前额上有个像星月的疤痕，仿佛包青天转世。皮肤呢，也是那么黝黑的，并且，很有正义感。如果碰到别的小孩子欺负他的弟弟们，他那黑黑的小拳头，是不会认人的。而且，不管去到哪里玩耍，他都会认真地清数，看他的弟弟们是否都到齐了。

再就是三宝，圆圆的大脑袋上顶着三根毛，风一吹，三根毛便随风飘舞，有时风大一点，我还真的担心他那三根毛将随风而去。他也是六个活宝中最古灵精怪的，把我的笔记本洗澡便是他出的鬼主意。

最后呢，是六宝，说话嗲声嗲气的，最会撒娇，也是最听他三哥的话，他是头一个按照三哥的指示，把笔记本放到铁桶里洗澡的。一年四季，他鼻子上自产自销的线粉，总是吸得霍霍响。又因为这是在零下二十多度的高原上，如果他稍微吸慢了，那两根线粉便直接冻在鼻子下面，像两根小冰棒。他呢，也不会揩掉，直接放到嘴巴里，吧格吧格清脆地嚼起来。我看到过许多次，便想阻止他，他竟然像只小耗子，一钻，便不知道钻到哪个洞里去了。

这么多年过去，市场还在，雪山也在，不知道这六个活宝都跑到哪里去了？如果有机会再碰到他们，他们还会认得我吗？他们要是认不出我来，我便要提醒他们，让他们再给我的笔记本洗次澡。我还会说，我要把这么多年的损失一起捞回来。

>>> 旺吉，高原小苹果一枚，常住高原已有十九年。

「旺吉一家人」

旺吉的哥哥在市场上卖猪肉，生意还不错。因此，旺吉无事时，便来帮她哥哥收收钱，打打下手。我家铺面正对着她家的猪肉摊，相距不过几十米，所以，旺吉经常来我这里边烤火边望着摊子那边。

旺吉仅仅比我大两天，每次走进店门时，她便叫道："姐姐来了，你也不晓得起身迎接吗？真是岂有此理，你还想不想在理塘这个地方混了？"

这个家伙，就是这么讨厌。她一天来我家十几趟，我就是想迎接她也忙不赢呀。我说："旺吉啊，你要我迎接你，也不是不可以，那你每次拿两斤猪肉送给我吧，我就到店门口等着你来。我甚至还可以把店门关起来，只做你这个生意，那么，我餐餐都有猪肉吃，多好。"我刚说完，旺吉便眨着大眼睛，伸出手来，一边摸着我的脑壳，一边说："我看你脑壳有多大？就这样小的脑壳，还想餐餐吃猪肉？想得美。"

我记得，三十年前的猪肉每斤卖二十块钱，按现在的价格算起来，少说也得七八十块钱一斤了吧？所以，莫说想得美，就是想想这个事，心里也很舒服。

她的名字叫格桑旺吉，我却嫌麻烦，干脆就叫旺吉。有时候，我都想把她这两个字抢过来归于自己。你想想，旺吉，旺吉，把它音译成我的家乡话，不就是旺己吗？旺己多好，生意旺，身体也旺。

　　旺吉，高原小苹果一枚，常住高原已有十九年。她喜欢格桑花和雄鹰，喜欢格桑花的艳丽，喜欢雄鹰的自由翱翔。她还喜欢吃猪肉和讲汉语，喜欢猪肉的香味，喜欢汉语的节奏。她身高一米六五，微胖，眼睛大而清澈，方中带圆的脸庞上，被高原犀利的风大师免费画出了两个红苹果。尤其是因为效果过于逼真，所以，以至于让人看到她便想咬几口。她脑壳上织满了细细的辫子，上面缀着玛瑙和宝石，头发油光发亮，简直像抹了猪油。至于那些细小的辫子呢，可能是承载着宝石的重要任务吧，竟然变得格外低调起来，服服帖帖地盘踞在脑壳上，或自然地垂下来，让人看去格外舒畅。有时候，我居然望着她的辫子发呆，要想编好那些细小的辫子，该要具备多大的耐心啊。

　　现在，别看旺吉在我铺子里随意得很，甚至不经过我的同意，便打开柜台偷看我的日记本。我吃饭时，她甚至直接用五爪金龙伸进菜碗里，跟我抢菜，真是有味得很。想当初，她像个被母亲抛弃的小羊羔，用可怜兮兮的眼神盯着我，半天也不说句话。我想，她的变化真是太大了。其实，我最讨厌别人偷看我的日记本，那是埋藏在我心底的小秘密。但是，旺吉偷看我的日记本，我并不担心，因为她有好多汉字不认得，虽然她的汉语讲得出奇的好。而且，她的声音像高原雪一样纯净。这种声音似乎有种魔力，任谁一听，都会被它迷住的。夸张一点说吧，如果你在春天听了，便会感觉花儿开了，晦暗的心情瞬间便豁然开朗。如果你在夏天听了，便犹如甘泉沁入心田，让人回味无穷。如果你在秋天听了，便能闻到果实丰收的味道，让人心里感到特别踏实。如果你在冬天听了，便能够让人冰凉的身体顿时变得温暖起来，并且，于寒冷中能够看到春天的希望。

有时候，坐在我的店铺里，我们简直像两个哑巴，望着红红的电炉发呆。店子外面雪花飘舞，寒风呼啸，旺吉家的肉摊子上，乌黑发亮的钩子挂着的猪肉，被冻得硬邦邦的，随着寒风居然跳着笨拙的舞蹈来。整个市场，竟然被巨大的灰白色幕布所笼罩。那些过往的行人，面部表情顿时变得模糊起来。唯有康巴汉子靴子的叮叮声，在市场上空清脆地响着。至于我家铺子的玻璃门，一下子便被调皮的雪花，画上了一幅幅抽象画。一些雪花急速地粘在了玻璃门上，一些雪花又马上从玻璃门上掉落下来，很有一种巧妙接替的意味。

雪下得越来越大，行人也渐渐地少了起来。市场里，除了卖猪肉的和卖蔬菜的摊子，还有几个人在张望着生意，其余便空无一人了。即使连市场上右边的公厕，此刻，也安静了下来，往日那些沙沙啦啦唱歌似的声音，似乎也被冰雪冻住了。当然，还有在晴空潇洒飞翔的雄鹰，此刻，也不知道躲到哪里去了，天空上暂时没有了它们的雄姿，也没有了它们尖锐的叫声了，它们居然把自己的领空乖乖地让给了雪花和寒风。若在平时，这些高原上的精灵，是不会轻易让步的。

寒风卷裹着雪花，不停地在市场上空飞舞着，变幻出无数奇妙的形状来，像默契的杂技演员，在这宽阔的舞台里，尽情地展示着自己高超的技艺。不过，要我说吧，寒风和雪花也够自私的了，它们只顾着自己尽情地快活，却让人类瑟缩着躲在屋内观看。

此刻，没有了顾客，我一下子便变得无聊起来。我便伸手扯了扯旺吉的小辫子，说："小姐姐，讲个故事听啰。"旺吉竟然没有任何反应，像被人施展了法术，一动不动。我以为她没有听见，于是，又对着她的耳朵大喊。这时，只见她浑身战栗起来，眼中闪烁着湖水般清澈的光芒，然后，泪珠竟然汹涌地掉落，电阻丝被这突如其来的泪水所袭击，吓得哧哧地乱叫起来。我发现，旺吉的眼神顿时变得忧郁起来，往日红苹果般发亮的脸庞，也好像被人涂抹成了青色，流露出痛苦的神情。我不明白，旺吉怎么于顷刻间变得如此令人担心呢？我估计，她将会说出一个无比痛苦的故事。于是，我赶紧握住她的双手，她的手也在微微颤抖，像在极力发泄着某种激动的情绪。

我起身给她倒了杯热水，还加了红糖，红糖飞快地融化在水里，变成了红黄色。旺吉见此情景，再也控制不住自己的情绪了，一下子扑倒在我怀里，放声大哭起来。她的泪水在我棉衣上流淌着，缓慢地流出了一条清澈的小溪。不可否认，她的情绪影响了我，让我也变得伤感起来。我便努力地抬起脑壳，不让自己的泪水掉落。我轻轻地摸着旺吉脑壳上的辫子，心情也像这辫子的纹路般，一上一下，忐忑不安。

良久，旺吉终于停止了抽泣，缓缓地说起她家的故事来。

她说："其实，哥哥并不是我的亲哥哥，你别看他长得像我们藏族人，其实，他是汉族人。他是我父母在格聂神山下的公路旁捡到的，还有一只趴耳朵小狗。当时，哥哥只有五岁，怀里抱着小狗，已经饿晕过去了，躺在开满格桑花的草丛里。我父母不懂汉语，所以，哥哥说的话，他们一个字也听不懂，于是，赶紧把他连狗一起抱回家里，给他喂热乎乎的酥油茶。"

旺吉接着说："后来，我父母经过多方打听，也没能够找到哥哥的亲人。我父母由于工作关系，几度搬家，所以，找寻哥哥亲人的事情，就这样耽搁了下来。当然，我跟哥哥的感情很深，有什么好吃的都要互相分享。记得有一次，我不小心摔倒了，双腿受了伤，哥哥很难过，赶紧给我清洗伤口，然后，又紧紧地抱着我流泪。我父母也很疼爱哥哥，把他当成亲生儿子一样，所以，他们买东西都是一式两份。由于年龄太小，哥哥以前会说的汉话，渐渐地就被藏语所代替了，似乎变成了藏族人。"

旺吉吸了吸鼻子，正想继续往下讲，这时，店里忽然进来三个高大壮实的康巴汉子。他们一边说着什么，一边打量着衣架上的棉衣。这么大的风雪，能有顾客上门，已是很好的运气了。我便赶紧起身，向他们打招呼。旺吉却悄悄地在我的发根上使劲地拨弄了几下，似乎在说，你要快点来，我的故事还没有讲完呢。

我的运气真不错。那三个康巴汉子，每人买了两件棉衣，还有麻纱裤，只是在试穿和挑选颜色时，他们费了老大的劲，好像在挑选老婆。一件棉衣他们要在身上反复试穿几次，甚至还要用手在线缝处使劲地绷紧，然后，再放松，以此检查针脚是否结实。对于他们的挑剔，我没有觉得有何不妥，顾客是有这个权利的。旺吉可能等得不耐烦了，伸手将玻璃柜台的那扇小门，来回呼呼地推个不停，以此来提醒我。

>>> 芒康贫困户批罗的孩子们正在弹唱歌颂幸福的脱贫新生活

我甚至还能感觉到她眼里射出来的不悦的目光，这种目光，似乎还带有某种恨意，像无数把利剑射向那三个不知内情的康巴汉子。

等到我好不容易忙完，坐在旺吉身边，她的嘴巴却翘得老高。我用手捏捏她的嘴巴，说："姐姐，你现在可以继续讲你的故事了。"

"哼，让我等这么久，你想要我继续讲故事也可以，不过，先给姐姐拿点吃的来。"

旺吉清亮的眼睛在打量着我，也好像在央求我，又似乎在说："你如果不拿东西来，休想再听到我的故事了。"

"唉，你这个好吃婆，我真是拿着你没办法，你先喝口茶吧，东西马上给你拿来。"我伸手拍了拍她的肩膀，笑了起来。

旺吉吃了我拿来的饼干，又喝了几口茶，这才继续讲她的故事：

"唉，万万没有想到，前年，我哥哥带着女朋友小叶去湖边玩耍，哪知一家的幸福，竟然在那一天就彻底地消失了。那天，天气出奇的好，空气中弥漫着青草和阳光的味道，酥油茶的香味和牦牛浑厚的叫声，一直在山谷间飘荡，一切都是那样宁静而美好，让人心醉。

"本来，是我哥哥带着小叶去玩的，因为我阿爸刚好要去一个朋友家有事，又恰好顺路，于是，我阿爸就跟着哥哥他们出发了。他们开着车在公路上行驶，道路宽阔，车辆稀少，他们很快就来到了湖边，我哥哥和小叶便在草坝上躺着说话，看着我阿爸开车远去。翠绿的草地上，阳光流泻，流到草尖的时候，竟然散发出水晶般的光芒。他们手枕着脑壳，身子尽情地舒展着，任阳光和白云舔着他们。他们闭着眼睛，说着悄悄话。说着，说着，他们便开始滚草地了。"

我正听得入神，这时，那边的猪肉摊传来了她哥哥的喊声："旺吉，旺吉，你在哪里？风雪这么大，我们等下早点回去，好吗？"

旺吉赶紧走到门边，对着她哥哥喊道："好呢，等下我就过来。"说罢，居然站在门边不动了，好像被高人点了穴。这下轮到我着急了，她说的故事正处于关键时刻，我便大喊："快过来啰，快过来啰，外面的风雪太大了，小心着凉。"

旺吉这才返回来，又开始说了起来：

"可能是滚草地太过消耗体力了吧，于是，小叶像只温顺的小猫趴在我哥哥背上，我哥哥则很享受的样子，哼着民间小调，背着小叶沿着湖边，慢慢地走了起来。被踩踏的青草，随着哥哥松开的脚板，艰难地直起了腰身，像初练的舞者。如果不是小叶硬要在湖面上看我哥哥背着她的影子，那么，一切都不会发生。

"湖面平静无波，水质清澈透明，犹如一块巨大的镜子。小叶兴奋极了，像捡到宝贝一样，竟然在我哥哥背上左扭右动起来。突然，我哥哥身子一斜，脚跟没有站稳，小叶竟然嘭的一声落在了湖中，巨大的水花溅满了我哥哥一身。我哥哥一时懵了。小叶像落水的稻草，刚开始还浮在水面上，慢慢地便往水中沉去。又像一朵被风吹落的花朵，纵然心不甘，情不愿，却又无可奈何。我哥哥虽然不会游泳，大声地呼喊着小叶的名字，然后，就跳进了湖中向小叶游去。这两个不会游泳的人，在湖水里胡乱地扑腾着，溅起的水花，便是他们的求救声。

"此刻，阳光已悄悄地躲到了雪山后面，似乎不忍心看到这危险的一幕。于是，暮色降临了，像是给大地穿上了一件巨大的黑色衣服。

"正当这关键时刻，突然，只见一个黑影跳进了湖中，像青鱼般畅游在水中，身形灵活而敏捷。黑影首先救起了小叶，而此时的她，意识已有些模糊了。黑影便对着她的胸脯重重地按压起来，小叶哇地吐出了一大口水。之后，小叶的胸脯便像烟雨中的雾气，轻轻地浮动了起来。黑影见状，长舒一口气，马上转过身而去，跳进湖中向我哥哥游去。

"此时的湖水，像个超级大冰箱。况且，又是在海拔几千米的地方，它照样发挥着它的威力。除了湖面上散发着的阵阵冷气，四周寂静无声，仿佛时间已经静止了。

"本来，那个黑影完全有可能在救起我哥哥的时候，全身而退的。

哪想他刚把我哥哥顶到岸边，他的双脚突然剧烈地抽起筋来。加上在刺骨的水中待的时间过长，体力消耗太大，黑影一下子便像秤砣般沉入了湖水中。涟漪起伏了几分钟，便归于了平静，好像这个世界上什么事情也没有发生过。

"我哥哥和小叶得救了，黑影却像一条鱼，被冻在了这个超级大冰箱里。我能够想象那个黑影的痛苦，想象他临死前挣扎的样子，我真是心疼不已。如果时间可以推倒重来，我愿意代替黑影去死。"

这时，我看见旺吉的脸上爬满了无声的泪水。泪珠却像一颗颗威力无比的炸弹，在我心间猛然炸裂，让我感到心脏在阵阵疼痛。

"那个黑影，你知道是谁吗？""那就是我亲亲的阿爸啊。当时，他办完事回来，到处找我哥哥他们，都没有找到。于是，便来到了湖边。"说罢，旺吉又失声痛哭起来。

这时，隔壁铁铺的小孩，拿着锅铲和不锈钢盆子敲得咚咚直响，这种响声越来越近，几乎盖过了旺吉的哭声。这些金属的声音，我竟然没有听到一丝快乐，好像是给旺吉阿爸送葬的哀乐，竟是那样刺心，那样悲伤。旺吉将眼泪擦干，双手放在电炉上烤着，红红的火光，在她乌黑壮实的指缝间穿过，像阳光在黑暗的地窖里搜寻着什么。

许久，旺吉才稍稍地冷静下来，说："妹妹，以上所发生的一切，都是根据我哥哥无数次的描述，经过我稍加整理的，尤其是我哥哥和小叶躺在草地上的那些细节，我尽量地把他们描述得充满了温暖，充满了柔情。当然，我阿爸救他们的细节，我不敢妄自加工，因为那是一条生命在救两条生命，而且，那是考验人性的关键时刻。还因为这是件令人极其痛苦的事情，所以，我努力地把事件发生的前半截想象得美好一点，也许唯有这样，我内心的痛苦就会减少一点吧？"

我叹了口气，说："唉，真是太意外了，太不幸了。"我不知道用什么话来安慰她。

旺吉也不搭理我的话，又自顾自地讲了起来。

"从此后，我哥哥不断地回忆起当时的情景，说他不应该带着小叶去湖边玩耍，他说他是个杀人凶手，如果不是因为他，我阿爸是不会死的。他每说一次，我的心就疼一次。虽然我知道阿爸的死，也不是哥哥有意造成的，可是，我还是会在某个时刻特别痛恨他，因为是他让我过早地失去了父爱。

"尤其是，当我看到我阿妈整夜孤独地抹着泪水，我心里就更疼了，像熟透的石榴砸落在地上，那满地殷红的石榴籽，就像我破碎的心。我想多陪伴我阿妈，跟她说说话，她却不愿意。她说，我长得和阿爸太像了，看到我，就像看到了过世的阿爸，心里就更加难受了。另外，阿妈还有一个拒绝我陪伴她的理由，她是不想把痛苦的心情传染给我，她希望我每天能够开心快乐。

"自从发生这件事情之后，我哥哥对我和阿妈更好了，他似乎在为自己的无心过失而赎罪，又好像在替代阿爸照顾我们。我阿妈真是一个心地善良的人，她心里虽然很痛苦，却从来不曾后悔捡到我这个哥哥，也不后悔辛苦地带大了他。在我怨恨我哥哥的时候，我阿妈甚至还会骂我，说我不应该这样埋怨他，说你哥哥也不是有意的，一切都是天意。"

旺吉的眼泪粘在睫毛上，像颗颗微小的钻石镶在上面，闪耀着晶莹的光芒，让人舍不得挪开盯着她的眼睛。我做梦都没有想到，在旺吉家里，竟然发生了这样令人痛苦的事情。而且，我也在妄自揣摩，也许旺吉喜欢来我铺子里玩耍，更多的是因为不想见到她哥哥吧？

　　这时，我透过被雪花没有完全黏着的玻璃门，望着对面的那个猪肉摊子。风雪中，旺吉的哥哥在整理着钩子上的猪肉，看来，他要收摊回家了。他动作娴熟，满满的一排猪肉，不到一刻钟便收拾好了。随后，他朝我铺子这边大喊了一声，声音竟然像是从遥远的天际传过来的，饱含忧郁："旺吉，回家了——"

>>> 公路两旁的格桑花，在寒风中尽情地摇曳，似乎在向我们证明，
不管是再寒冷的天气，它们也能绽放出最美丽的色彩来。

拾贰篇

「金花的帐篷」

在理塘，金花是我认识的第一个好朋友，她还有个哥哥叫巴珠。开先，我说你叫金花，是否有个妹妹叫银花？我刚说完，金花便调皮地说，我还晓得金银花呢。

那天，天气还不错，金花带着一脸笑意跑进我店里，兴奋地告诉我，她要跟着阿爸阿妈去山上挤牛奶，想叫我跟着她去，顺便让我见见世面。她这点小心思，我还是明白的，在山上挤牛奶的日子是比较枯燥的，她阿爸阿妈又忙着放养牦牛和马匹，哪有时间跟她聊天呢？再说了，小姑娘的心思也只有我才懂得。为了成功地说服我，她竟然故作神秘状，附在我耳边悄悄地说，她可以让我偷喝最新鲜的牛奶。哎呀，这个家伙真是太懂我了。我又不得不承认，这对我来说，实在是太有诱惑力了。虽然这个偷字让我觉得不怎么舒服，但一想到有鲜奶喝，这应该就不是什么事了吧？

金花抱住我，边说话边将脑壳挨着我，很亲热的样子。

金花跟我差不多高，一米六左右。圆圆的小脸上，印着两个迷人的小酒窝，一笑，酒窝便明显地藏了进去，洁白的牙齿便露了出来，让人舍不得挪开眼睛。她眼睛如雪一般明亮，尤其是当她专注地望着你时，眼睛便像在跟你说话似的。金花很喜欢打扮，细小的辫子上，缀满了红珊瑚、黄蜜蜡、绿松石，以及金银等饰物。因此，我经常笑她是在显摆。她呢，每次斜着眼睛望着我，好像出现了眼疾。然后，从洁白牙齿的嘴巴里，吐出几个字来："你真是没见过世面。"

我简单地收拾了一下，便跟着金花出发了。

天气开始有点阴沉，出发时，云层便将太阳稳稳地送出来。透过车窗，那灿烂而耀眼的光芒，从雪山背后照射过来，像涂抹着油彩，格外令人震撼。我们在感叹大自然的神奇时，又感觉到人类的渺小。我甚至还想到，太阳的光热既然如此厉害，为什么不能让这座千万年形成的雪山融化呢？

公路两旁的格桑花，在寒风中尽情地摇曳，似乎在向我们证明，不管是再寒冷的天气，它们也能绽放出最美丽的色彩来。它们在阳光里是那样婀娜多姿，娇小可爱，让人忍不住想去轻轻抚摸。远处，黑黑点点的牦牛，像草原上的标点符号，在缓慢移动，专心品尝着大地母亲带来的恩赐——茂密的青草。它们甚至舍不得抬起脑壳望我们一眼，只是偶尔吼叫几声，便算是对我们打过招呼了。此时，雪山上方飞过几只黑色雄鹰，它们像是蓝天的点缀，除了留下几句尖锐的叫声，便只剩下模糊的剪影了。我赶快扯着金花的辫子，叫她快看。可能是扯重了一点吧，金花居然伸出手拍打我几下，不悦地说："我晓得，我又不是没有见过。"

车子在公路上歪歪扭扭地行驶着，像初学的书法练习者。山垭口，不断有歌声裹着寒风快乐地钻进我们车子，歌声高亢悠扬，在天地间留下了行行旋律，给我们漫长的旅途增加了些许欢乐。我觉得很舒服，一边欣赏着车窗外的美景，一边听着动听的歌声，身旁还有可爱的金花，我心里便变得激动起来。于是，我竟然期盼时间过得缓慢些，让我饱享这难得的高原乐趣。金花呢，好像祖宗老子埋在睡山里了，大多数时间都将脑壳歪斜在我身上睡觉，似乎将我当成了免费的席梦思。

我以为金花睡得很死，于是，只顾着欣赏车窗外的风景，以至于金花开口说话，才将我吓了一跳。她的声音像是来自火山深处，带着一股暖暖的温度。金花说："再过十几分钟，就到我的地盘了。""你的地盘？哈哈，你以为你是山大王吗？"我调侃道。她白我一眼，说："是的呢，我就是山大王，你是压寨夫人，这下可以了吧？"

经过几个小时的颠簸，我们终于来到金花家的地盘。她家的帐篷搭在山坡上的平缓处，远远望去，像朵巨大的黑蘑菇。我正有疑惑，金花解释说，她家的帐篷是用黑色的牦牛毛编织而成的，很有弹性，且防水性好，又不闷气，比起在外面买的帐篷好多了。并说，现在这个手艺，只有极少人才有，就连她的哥哥都不会编织。

我说："那你家的帐篷究竟是谁编织的呢？"

"我阿爸呀，除了他还会是谁呢？你真是笨得很呢。"金花嘟着嘴巴回道。

"难道不可以去买吗？难道不能请别人编织吗？"我说。

"哎呀，我阿爸的双手可灵巧啦。所以，买的也罢，或是请别人编织的也罢，哪里有我阿爸的手艺高超呢？我刚才说了，现在会编织帐篷的人已经不多了，这需要极好的耐性和技术。"

"你阿爸真不错。"我话刚落音，金花猛地在我背上响响地一拍，说："当然啦，不然，哪能生得出我这么秀外慧中的宝贝呢？"

"哎呀，你真是不怕丑呢，居然还宝贝？居然还秀外慧中？哪有你这么自夸的呢？你的脸皮恐怕比牦牛皮还要厚嘞。"

金花朝我吐了吐舌头，又向我眨眨眼睛，调皮地笑了起来。

躬身进入帐篷，我感觉到了另外一个天地。由于帐篷是黑牦牛毛编织而成的，因此，帐篷里面显得比较黯淡，似有一片乌云钻了进来。我想，正因为如此，金花的阿爸才在帐篷上方开了个天窗吧？那是个长方形口子，明亮的日光从天窗上倾泻而下，连我皮鞋上的灰尘竟然清晰可见。帐篷左右各立着几根柱子，上面绑着结实的绳子，能够起到固定和拉直帐篷的作用。我仔细地观察，发觉帐篷上方的皮子比较新，而且，皮子比帐篷下方的皮子都要大块一些。

我想问个究竟，于是，便开始寻找金花。

"金花，快过来。"我急切地喊道。

此刻，金花正在宽大的帐篷那边整理行李，连脑壳都没有抬，便大声回道："我的大小姐，又有什么好事啦？我正忙着呢。"

"我就问你一下，耽误不了你几分钟，我不是也耽误了赚钱的工夫，陪着你来了吗？"

"好吧，好吧。"金花小跑着过来，缩手缩脚的样子，嘴里哈出股股热气，像刚揭开锅盖的饺子。

我问："帐篷上方的皮子又新又大，为什么下面的皮子又小又旧呢？"

"这个啊，因为上面的皮子每年都要更换新的，所以，换下来的旧皮子就放到了下面，虽然有点漏水，但影响并不大。再说旧皮子放在下面，既不影响美观，又便于修补。"

"哦，原来是这样。"我微微笑道。

"没事了吧？我的大小姐，整理好东西后，我还要到山上帮阿妈去挤牛奶呢。"

"好啦，等下我帮你去挤牛奶吧，现在，我要好好地欣赏这个大帐篷，我还是第一次走进帐篷呢。"

金花伸出舌头吐了几下，朝我眨眨右眼，又到帐篷那边忙去了。

我脚下踩着一片青草，青草并不是很深，像毛毯，散发着淡淡的清香味。青草中还夹杂着一些石头，有黑色的，有麻色的，还有蛋黄色的，它们的形状与规格不一，一律裸着身子躺在青草里，像草地上生出的彩蛋。帐篷侧边堆着些许黑色牛粪，像一堆黑炸药。旁边还有个石头砌成的简易灶，灶上的火焰在热烈地望着我。

帐篷外边，挖了一条排水沟，弯弯曲曲地包围着帐篷，像画地为牢的魔线。沟边的那些青草便像无数的士兵，在寒风中依然坚守岗位。

四周呢，四周是大大小小的山峦，它们在寒风中纹丝不动，像是被谁施了魔法。只有帐篷发出的呼啦啦的声音，它像是用这种方式在替主人排遣寂寞。

金花家的奶牛在距离帐篷不远的山坡上，正在悠闲地吃着青草。它们时而抬起脑壳望向远处，时而又甩动尾巴，清清嗓子。它们可能做梦都不会想到，等下它们那积蓄在硕大乳房里的奶水，将会被一个小妹子使劲地挤出来。

金花提着一只铝质桶子，桶子的把手上包裹着黄色毛巾。

金花一般很少喊我的名字，今天可能是太高兴了吧，竟然冲着我喊道："谢姑娘，陪我挤牛奶去吧。"

我笑了笑，大声说："我要喝牛奶。"

金花假装不悦地说："你是在你爸妈手里没有喝过牛奶吧？你还没开始做事，就想喝牛奶了，你好意思吗？"

"怎么不好意思？我就是要喝嘛。"我笑着去拉她宽大的袖子，做出可怜的模样。金花也笑了起来，拉起我往山坡跑去。

金花边跑边说："你不是要喝牛奶吗？那就快点跑呀，我让你喝个够呀，你就是泡在牛奶里洗澡，也是可以的呀。"

我哪里跑得过金花呢？高原上氧气稀薄，我跑一阵子，便上气不接下气了，又被石头绊了一跤，便直接地倒在草地上，像翻了边的乌龟。金花看到我这副狼狈样子，捂着嘴巴大笑起来。这个没良心的，亏她还笑得出来。我在心里狠狠地骂道。

金花依然笑着，笑得寒风都看不过意了，呼啸着在山崖间搜来搜去，好像里面隐藏着某种神秘的东西。金花也差点被寒风刮倒了，好一阵才站稳了脚跟。

待我走到近处，我才发现奶牛们是多么可爱。浓密的毛发，浑圆的肚子随着身体的颤动，在微微地抖动着，像顽皮的小奶牛在肚子里施展武功。尤其是那些饱胀的乳房和长长的奶头，特别吸引人，它们像高原上的一个个蓄水池，在慷慨地浇灌着干旱的大地。我摸了摸柔软而鼓胀的牛乳头，这种感觉让我很是舒服，我便想起小时候在母亲怀里吃奶的情景。此时，我竟然有种冲动，想要再次回味小时候的温馨画面。这时，只见奶牛抬了抬脚，似乎对我的思绪有所不屑，一摇一摆地走开了。

我愣在了那里，难道奶牛是我肚子里的蛔虫吗？难道它知道我在想什么吗？

金花蹲在地上，在专心地挤着牛奶。随着奶头一上一下，奶水便嗖嗖地像箭一般，射进了铝桶里面，溅起了阵阵悦耳的声音。我看到母牛乳房上面的青筋，很像虫相公（方言：蚯蚓），那么，是不是蚯蚓钻进了奶头里面呢？望着铝桶里的牛奶越来越多，我便担心奶牛的乳头会不会受伤，因为那是要用劲才能挤出来的呀。纯白色奶水落在铝桶里，荡起了阵阵涟漪，却又被继续落下来的奶水打破了它动荡的画面。等到母牛的四个乳头都被金花挤过后，奶牛的乳房便明显地瘪了许多，皱得像冷却了的豆腐皮。

事实证明，我的担心是多余的。挤完奶水的奶牛，似乎完成了任务，便高声地叫着吃草去了，它像要立即获取营养，全然没有疼痛的感觉。

这时，我要金花教我怎样挤牛奶。金花便喊我来到一头强壮的母牛旁边，据我目测，它大概有一千多斤吧？金花示意我蹲下来，她便伸出双手，在母牛的乳头上不断地撸动着，像撸动着一条膨胀的软香肠。其撸动的速度之快，看得我眼花缭乱。等到我来挤奶时，因为我的力道很小，所以，奶水时断时续，很不情愿似的。我紧张得简直像在偷奶。金花急得不行，大声提醒说："你要像刀切萝卜那样干净利落，不要像切藕丝样要断不断。"说罢，她将脑壳伸到奶头边，迅速地做起示范来。我是个挤奶的生疏者，一只手居然可笑地在自己头发上摸来摸去，另一只手则摸着奶牛的另一个乳头。谁知牛奶没有挤下来，我的头发竟然被扯断了几根，差点掉落到铝桶里。当然，我眼睛还是很听话的，死死地盯着金花的双手，仔细观察她如何动作。这时，我闻到了一股淡淡的异味，这是一种奶水跟奶牛混合的味道，说不出其所以然来。

我在想，市场上卖出的牛奶或奶粉，是否就是这样被挤出来的呢？

这些黑白相间或黄黑色的奶牛，在夕阳的余晖下，显得特别好看，像化妆师在它们身上涂抹了一层淡淡的多彩的胭脂。

看着满满的一桶牛奶，我再也忍受不了它的诱惑，趁着金花转身时，我埋下脑壳偷偷地喝了几口。哎呀，那种味道真是鲜死人了，我简直不知用什么词语来形容。我倒不是害怕金花骂我，因为对于她的骂，我早已具备了免疫力。其实，我最害怕的是她笑话我，对于我来说，笑我比骂我让我更加难受。再说了，我们内地妹子清纯的形象，可不能毁在我手里，你说是吧？

当我们回到帐篷时，帐篷里除了金花的阿爸阿妈，还有两个头发稀乱的后生。我和金花盯着他们，金花阿爸说："这两个伢子是来藏区旅游的，现在他们不但迷了路，连身上的盘缠也所剩无几了，我看他们可怜，就把他们带回了帐篷。"并对金花说："你要好好地待他们。"

金花走到阿爸身边，耳语了几句。顿时，金花和她阿爸像捡到了珠宝一样，开心地笑了起来。我虽然不明白他们为何发笑，却还是跟着笑起来，简直像个傻子。

一连几天，那两个被金花阿爸收留的后生，说着我们不懂的语言，每次吃过东西，他们便躲在小小的帐篷里睡大觉，像是来此尽情享受似的。金花和她家人不便说什么，我自然也不好说什么。况且，金花阿爸还打着手势，问他们身体是否不舒服，他们的脑壳摇得像风中的花朵。金花阿爸说："既然他们身体没有任何不适，那就是好事嘛。"并且，要我们尽量地不去打扰他们。

金花嘟着嘴巴，说："阿爸，你捡回来的这两个人，不仅来路不明，还让他们在这里吃吃睡睡的，你也太好了吧？"

金花阿爸脸色一沉，说："你说什么呢？出门在外，谁又没个难处呢？能帮就帮吧，再说了，人家又能吃多少东西呢？"

金花见阿爸不高兴，也不再说什么了，悻悻地走出帐篷。

又过了几天，金花的哥哥回来了。

金花的阿爸阿妈好久都没有见到儿子了，竟然杀了一头牦牛，给儿子打牙祭。牦牛肉带着天然的清香，不用加任何佐料，便能吃出原始的美味来。下午时分，当热气腾腾的散发着清香的牦牛肉，摆在我们眼前时，那两个后生像前世没吃过东西样的，抓起一坨坨牦牛肉就往嘴巴里塞，也顾不得烫不烫了。因为他们嘴里塞入的牦牛肉过多，以至于连咀嚼都受到了限制，显得难受起来。

牦牛肉末粘在手上，他们便将手探进嘴里，吸得吱吱响，好像老鼠发出的声音。待到把粗壮的大手舔干净了，他们又把犀利的目光伸向桌上的牦牛肉，眼睛散发出钻石般的光芒，似乎要把桌上的牦牛肉切割成碎片。他们的双手像大海里的八爪鱼，看似柔软，却劲道十足，牦牛肉到了他们手里，便被吞噬得无影无踪了。望着他们的贪婪之相，我真怀疑，他们是否具有某种特异功能，不知不觉中就让牦牛肉消失不见了呢？不然，他们怎么能吃得那么多那么快呢？

他们各自还拿着一瓶青稞酒，喝口酒，吃坨肉，酒瓶子碰得咔咔响，脸红得像熟透的石榴。酒瓶相碰的咔咔声，在寂静的高原上，显得格外清脆。这熟悉的声音，总是让人遐想不已。我仿佛听到童年时，屋檐下的冰凌子掉落在地的声音。那个矮点的后生，不小心将肉掉落在地，竟然马上捡起来，吹了吹，快速地丢进了嘴里。

外面凛冽的寒风，简直像凶狠的饿狼，不断地发出嚎叫声，这种声音很急促，也让人感到胆寒，却丝毫也影响不了我们对美食的热爱。漫天寒风不要命地从帐篷缝隙处钻进来，一下子便将牦牛肉的香味挟持而去。然后，又像个神经病似的撕咬着帐篷，企图将帐篷也一并带走。

不得不说，两个后生的吃相，让我们记忆深刻。同时，我们也领略了牦牛肉的巨大魅力。

等到一个个散发着牛肉味的饱嗝响起来，两个后生便哇里哇啦地说起我们不懂的话语来。那个矮点的后生摸着浑圆的肚子，像怀了孩子的妇人，快要临盆一样，张开血盆大口喘着粗气，发出啊啊的声音。

牦牛肉的清香在帐篷里弥漫着，也随着阵阵寒风飘向远方。这是我平生吃过的最好吃的牦牛肉。我想，那两个后生，一定也有这样的感受吧？

到了晚上，我和金花兴致大发，在帐篷里载歌载舞，他们便围着火炉边欣赏边拍手。那两个后生，第一次笑意盈盈地盯着我们，似乎我们的脸上抹着蜂蜜。我和金花像是受到了某种鼓舞，越发跳得起劲了。也许，是我们的激情感染了他们吧，两个后生竟然也跟着我们舞蹈起来。他们顾不上笨拙的舞姿，任由灿烂的笑容消融在火红的炉子里。也许是激情拉近了我们的距离，又或许是因为年轻的缘故吧，跳到最后，他们居然跟我们手拉着手，跳起锅庄来。

帐篷似乎也被我们欢乐的热情所感染，微微地抖动着身子，似乎在模仿着我们的舞姿。此刻，金花的阿妈将醇香的酥油茶倒出来，它的香味顿时弥漫开来，瞬间，我们便感觉到肚子又饿了。金花伸出舌头，在嘴巴周围舔了一个圈，似乎企图将酥油茶的香味捞进嘴里。那两个后生见状，赶紧端了两碗酥油茶递给我们，笑脸在浓稠的酥油茶里荡漾不止。

在帐篷的另一边，阿妈又在紧张地忙碌着，她在舀着牛奶放到分离器里加工，机器便发出轰轰的声音，像是在给我们的舞蹈伴奏。分离出来的奶渣，有些会掺杂在糌粑里，当然，还要经过太阳的亲吻之后。

那两个后生站在阿妈身后，眼睛随着阿妈的双手灵活地转动着。初初一看，还以为是阿妈收下了两个徒弟。

帐篷里不仅有牦牛肉的香味，有青稞酒的香气，还有青草的气味，以及牛粪燃烧所发出的异味。这种混合型的气味，我以为便是高原上特有的气味，它让人神清气爽，让人体魄强壮，让人心地善良。金花真是调皮得很，时不时扯着我的衣服和头发，看到我不悦的样子，这个没良心的妹子，竟然哈哈大笑。金花终于跳累了，又像一头温顺的母牛，紧紧地靠着她阿妈。火光映在她们脸上，也映在黑黑的帐篷上面，以及帐篷外面的天空上。

本来，我跟金花各睡一个小小的帐篷，自从来了两个后生，我们便腾出一个小小的帐篷给他们睡。按说，我们两个睡一个小小的帐篷更加热乎些，但金花那个家伙讨厌极了，一睡熟就磨牙，磨得咯咯直响，像不知羞耻的老鼠，使我无法安睡。于是，我整整一夜便在帐篷里翻来翻去，像搁浅在沙滩上的鱼。简易炉灶里还有余烬，朦胧的火光中，我看到金花阿爸阿妈的小小帐篷是奶白色的，就像白天挤出的牛奶，让人感觉十分踏实。那两个后生的小小帐篷则是蛋黄色的，让人想到了蛋挞。我和金花的小小帐篷则是粉红色的，像格桑花娇嫩的花瓣。金花哥哥的帐篷是淡蓝色的，看到它，就会想起一望无际的大海。

这四个颜色各异的小小帐篷，就像四朵漂亮的小蘑菇，在高原辽阔的大地上，静静地贪婪地吸收养分。

两天后，金花的哥哥要去县城上班了，他带走了很多牦牛肉。看着这些鲜嫩的牦牛肉，老实说，我恨不得跟着他一同回去。金花却十分敏感，赶忙拉住我的衣袖撒娇，说要我再陪她几天。

我心肠天生太软，经不起金花的纠缠，便答应了她。

这天，金花的阿妈挤牛奶去了，我跟着金花便去照看牦牛。牦牛们很乖巧，在山上静静地吃着青草，从不乱跑。在很长的一段时间内，我们只听见青草折断的声音，以及阳光的温暖的笑声。

我们开先躺在草地上，沐浴在阳光和青草的气息里，与其说是我们在看管牦牛，倒不如说是牦牛在看管我们。你看，牦牛不时地抬起脑壳，偷偷地望我们一眼，生怕我们逃跑似的。

后来，我们便坐了起来，扯些青草含在嘴巴里，细细地品味着它的清香。我感觉，我们也像牦牛了。

一阵寒风从雪山那边吹过来，金花不经意地朝帐篷望了望，只见那两个后生围着帐篷在打圈圈，他们也像牦牛一样，时而埋下脑壳在说着什么，时而又抬起脑壳，对着帐篷指指点点。

金花说："谢姑娘，那两个人终于也舍得走出来了。"

我说："也许他们在帐篷里觉得太闷了吧？出来透透气吧？"

第二天一大早，我们居然没有见到那两个后生了，帐篷里那张新鲜的牦牛皮也不见了。这简直像一颗深水炸弹，炸得我们目瞪口呆。

最伤心的还是金花的阿爸，他不断地叹息说："唉，吃了我的牦牛肉，倒是没有什么，为什么还要拿走我的牦牛皮呢？"

我们无语。

阳光无语。

青草无语。

帐篷无语。

牦牛和奶牛也无语。

>>> 明亮的月光高挂在高原辽阔的蓝天上，是那样清澈，像一泓
圆圆的泉水印在天空上。

拾参篇

「老黑与桌球」

1

老黑从四川老家到理塘摆桌球，已有五个年头了。

他个子不高，估计一米四左右。黑黑的脸庞上，布满了麻子凼凼，右腿有轻微的残疾。尽管他的相貌不是那样逗人喜欢，但是，大家都喜欢他的热情和直爽。

老黑的四个桌球台子，像做操的学生，工工整整地摆在我店铺门口。有时，遇到老黑有事，我也充当临时老板，帮着他招呼客人，并收取桌子费。偶尔，他也帮我看看店铺，遇到忙不过来的时候，他便不厌其烦地帮我从仓库里拿货。

记得有天上午，雪下得比较大，整个市场笼罩在一片雪雾之中，时间已接近十点了，老黑还没有出现，没有到我店里来拿桌球和球杆。我想，这么大的风雪，老黑应该不会来摆桌球了。哪想还不到半个小时，老黑便顶着雪花哈着雾气来了，雾气简直像他的挡箭牌。老黑边哈着气，边抖动着那只好脚上面的雪水，然后，吐出一句："真是冷死老子了，要不是家里有个瞎眼老娘要养，我才不会来受这份活罪。"

"其实，这个话你已经说过好几年了，怎么还在这里啰？"我大声说道。

老黑竟然没有回应，这跟他直爽的性格有点不符。我想，也许是我说得太直白了吧？

为了打破这尴尬的气氛，我又说："你赶紧到电炉边暖暖手吧，要不然，肯定会感冒的，反正下雪天打桌球的人很少。"

老黑一听，连忙说："我还是先把桌球台摆好吧，万一有人来了呢？"说罢，他踮着脚，拿着东西便走了。

老黑站在桌球台边，仅仅比球台高出一个脑壳，不知情的人，还以为是某个调皮的小孩在管事呢。雪花飘落在老黑的头上，他脑壳便使劲两晃，便把雪花抖了下来。草绿色球台在雪花的映照下，显得格外醒目，就像茫茫戈壁上，突然冒出了一片绿洲。老黑不时地拿着刷子在球台上刷几下，像粉刷匠。我想，老黑也许是在粉刷内心的痛苦和不安吧？

听说，老黑以前曾经讨了个独臂寡妇，生个妹子已有三岁，因为受不了家庭的贫困和老黑醉酒后的三脚猫功夫，女人便带着孩子，溜回娘家不再露面了。从此后，他就和瞎眼老娘相依为命。直到几年前，在老乡的引荐下，他才来理塘县城谋生。

老黑摆好桌球，又一摇一摇来到我店里。我给他倒杯热水，他把双手在电炉上一伸一缩的，像是想抓住什么东西。红红的电炉丝围成几圈，组成一个圆盘，就像刚出生的太阳，又像成熟的向日葵。此刻，这温暖的光芒映照在老黑脸上，看不出他有丝毫开心的表情。老黑始终面无表情地望着外面的桌球台子，那是他生活的希望。他希望有顾客来到桌球台子，一试身手。雪花仍在不知疲倦地飘着，像有后续部队，源源不断地飘向大地。市场里来往的人稀少，他们似乎都忘记了老黑的桌球台子，甚至对它们视而不见。老黑便觉得这些人太功利了，只要天气不好，他们便扬长而去。老黑长叹一口气，像是受了某种委屈，发出无可奈何的叹息。

刺骨的冷风夹杂着雪花，在我店铺的玻璃门上不断地跳上跳下，张牙舞爪，简直像个疯子，似乎不打烂那扇玻璃门，它便誓不罢休。老黑轻轻地说："唉，看样子今天白来了。"说完，喝了口热水，又把脚往电炉旁挪了挪。

我说："做生意你还想每座山一样高吗？你看，生意好的时候，你吃饭就像打仗，恨不得一碗饭一口吞掉。再说了，你在我这里烤火，我又不收你的费用。"老黑听罢，裁起厚厚的黑嘴唇笑起来，说："要按这样算的话，你还得付我的工资呢，哪有免费替你看店的？"

我把挂衣服的钩子朝他一晃，说："好啊，我把你这个黑鬼子挂起卖掉，看是否有人要？如果有人要，再谈工资的事吧。"

老黑连忙站起来，摇摇手说："我肯定是卖不脱的，你还是多卖几件衣服算了。"

"老板，老板，打桌球了。"门外响起康巴汉子粗犷的声音，这声音打破了雪花的猖狂。

老黑像接到圣旨一样，只听见玻璃门哐当一响，一个黑影便滑了出去。

我抬眼一看，三个康巴汉子围着桌球台子说着什么。

不一阵，便传来了桌球撞击的声音，砰砰的响声，终于打破了市场上的宁静，那些没有开门的老乡也醒过来了，于是，卷闸门哗啦哗啦地响起来了。雪花似乎很胆小，也被这砰砰之声吓跑了，逃兵一样。阳光终于从厚厚的云层后面赤身裸体地冲了出来。明亮的阳光照在棉絮般的积雪上，发出晶莹的光芒，使人不禁欣赏，却又招架不住，因为那种光芒太刺眼了。没有墨镜是无法欣赏的。老黑守着三个康巴汉子打桌球，不时有桌球跑到积雪里躲猫猫，都被老黑精确无误地找出来，放在棉衣上擦了擦，恨恨地说，你还想跑出老子的手掌心吗？真是痴心幻想。

其中一个康巴汉子说："老黑，你不对它说话，你难道就哑巴了吗？"

老黑竟然羞涩地笑了起来。

老黑除了积极捡球——这是他的职责——便是站在球台边，听康巴汉子讲故事，或说笑话，或骂架，或吹口哨。每当这时，老黑便会嘿嘿地傻笑，似乎很享受这种热闹的感觉。有时候，他也偶尔插一句话，有时候，他又像老师傅般，故作高深状，指导别人使用何种打法，才能确保进球。

虽然他跑来跑去的捡球很辛苦，但我发觉，老黑脸上却露出了难得的笑容。在这样寒冷的天气里，居然还有顾客打球，这不是送上门的生意吗？

三个康巴汉子开始是轮着打的，可能是觉得打久了没有味道，需

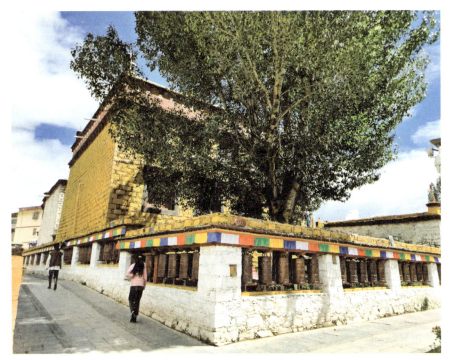

>>> 仁康古街转经道

要增加点刺激。于是，那个戴毛帽子的康巴汉子，便主动提出和老黑一边，进行二对二比赛。老黑本来是不想加入的这场激战的，又觉得这样能够拖住他们，让他们久打一点时间。顿时，桌球上的气氛一下子变得紧张起来，每个进球的机会，他们都不会轻易放过，好像在参加某个大型比赛，输赢是关乎生死的大事。其实，赌注也不是很大，三局两胜，输者给两根虫草便可以了。我想都不用想，肯定是老黑这边胜出。别看老黑个子矮小，腿脚也不蛮灵活，打起台球来，却丝毫也不含糊。

我坐在店铺里，透过玻璃窗观看他们激战。

只见老黑一下子坐在球桌上，一下子又用小眼睛对着洞口，不断地用手比画着，那种认真的劲头，简直把比赛当成了头等大事。如果遇到球飞走了，戴毛帽子的康巴汉子便飞快地跑去捡球。他似乎把赢球的希望，全部寄托在老黑身上。我再看那个穿青黑色藏袍的康巴汉子，时而紧蹙眉头，望着洞口发呆，时而又翘起屁股，将球杆放在左手的虎口里试了又试，半天也不敢动杆，似乎生命攸关。如果进了球，就会听到他们吹哨的声音，哨声骄傲地在市场上空回荡，像捡到了宝贝。如果没有进球，便会听到叹息的声音，某个人的脸色就会难看起来。然后，还后悔地说："哎呀呀，要是再往左边一点就好了。"

桌球打得越精彩，围观的人也越多——不知这些围观者是从哪里走出来的——打球的人更加起劲，双脚都舍不得动，似乎粘在了桌球台边。如此一来，老黑就越加兴奋，黑脸上竟然发出了一层光泽。因为打球的时间越长，便意味着老黑的台费收得越多。

经过几场激烈的交锋，双方也感到疲惫了，便立即停战，说下次再来。只见穿青黑色藏袍的康巴汉子，慢慢地从腰包里摸出一把虫草，数了数，递给戴毛帽子的康巴汉子，似乎有点不舍的感觉。老黑在一旁眼巴巴地望着，心想，怎么就停战了呢？戴毛帽子的康巴汉子可能感觉到了什么，赶紧对老黑说，今天真是太谢谢你了，不然，我也不可能这么轻易地就赢到这么多虫草。说罢，从腰包里抽出几根虫草递给老黑，老黑连连摇手说，虫草我就不要了，你们经常来打桌球，就是对我的关照。

戴毛帽子的康巴汉子笑了笑，又把虫草往老黑手里塞，老黑硬生生地又挡了回去。戴毛帽子的康巴汉子见状，只得对着另外两个伙伴说："以后，我们就是老黑的金牌客户了。"

望着三人离去的背影，老黑脸上渐渐地浮现出笑容。

2

市场里的人渐渐多了起来，棉絮般的积雪上，布满了密密麻麻的脚印，显示着人类的顽强与不屈。就连开先那些台球躲藏的老雪窝，也被行人无情地踩平了。那大大小小的脚印上面，留下了黑色或黄色的印迹，远远看去，就像一副洒脱率性的画作。阳光虽已照遍了市场上的每个角落，但寒冷的风依然让人忍不住搓手、缩头。那些稍微薄点的雪，被人们踩踏后，借着阳光的威力，竟然渐渐地融化了。它们像一条条粗大的虫相公（蚯蚓），肆无忌惮地在水泥地面上爬行。

老黑见状，抽空从我家里拿来扫把，唰唰几下，就把桌球下面的虫相公消灭干净。他舒了口气，从裤袋里摸出一把像油渣子的毛票以及块票，放在桌球台子上清点起来。他十分娴熟地把毛票和块票区分开来，然后，用橡皮筋扎好，手指在嘴巴上涂一下口水，便数一下，如此反复多次，直到数完为止。他数钱的样子非常满足，像农人辛勤劳作后丰收的场景。其实，在桌球台子上数钱是老黑几年来养成的习惯。他每个星期数一次，似乎在向另外两个竞争对手炫耀，又像是在告诉顾客，你看我赚了这么多票票，是我的服务好呢，下次多来我这里打桌球。

他把钱小心翼翼地放进贴身衣袋里，还用劲地拍了几下。我想，他这样做，无非是两个意思。一是确保钱是否放好了，二是在给自己加油鼓劲。

突然，他后面传来一阵婴儿的啼哭声，老黑转过身一看，只见一个穿着红花棉衣的婴儿在球台上滚来滚去，绯红的小脸上布满了泪滴。那可怜兮兮的样子，让人心酸。老黑抱起婴儿，左看右看，也没有看到半个人影子，难道这婴儿是自己飞到球台上来的吗？他再细细一看，这婴儿五官端正，脸色红润，不像是有病的小孩，所以，不太可能被遗弃。只见他骂了几句，是哪个龟儿子抛弃的娃娃哟？如果一个小时还不来领回去，老子捡到的就是赚到的，老子要养起来。

他抱着婴儿，做出各种动作，像个小丑哄着啼哭的婴儿。如果不明底细的，还以为是他的娃儿，不然，哪有这么好的耐心呢？如果打桌球的客人来了，他便把娃儿放在我手里，一本正经地说，这个娃儿是我在球台上捡来的，你要帮我好生带起。

我笑着说："你倒是想得美，说不定，等下人家就来找小孩了。"

我的话还没落音，他便匆匆地走了。婴儿清澈的大眼睛望着我，又哇哇地哭起来。我想，她可能是饿了吧，于是，我赶紧找出米糊喂她，她巴了巴嘴巴，突然对着我咯咯地笑起来。

老黑还在桌球台边跑来跑去地捡球、收钱、摆球，忙得不亦乐乎。这时，太阳渐渐地躲进了雪山后面，光线暗淡了许多，我把电杠打开，店里顿时明亮起来。

没多久，老黑带着一个三十岁左右的妇人走进来。妇人清瘦，五官却很精致，颇有几分姿色。老黑说："婴儿是这个妇人的老公放在球桌上的。"妇人解释说："他们夫妻吵架，男人抱着小孩就冲出来了，我没想到的是，男人这么没有良心，竟然把小孩丢在球桌上就不管了。还是孩子奶奶打电话问那个死鬼，才知道小孩丢在老黑的球桌上。"妇人边说边含着眼泪，继续说："要不是遇到你们，小孩还不知道会怎么样呢？你说，万一要是被人贩子或者不怀好心的人抱走了，那即使是悔死也没有用了。"

老黑还是比较谨慎的，问："小孩是带把还是不带把的？"

妇人说："带把的。其实，我一直想生个妹子，所以才给他穿红棉衣。还有，你们要是不放心，小孩的屁股上面有个鸡蛋般大小的黑色胎记。"

我原先还以为是个妹子，于是，我扒开小孩的裤子一看，还真的有块胎记，胎记就是他人生的标志，无论走到何处，父母都能够把他找到。我把小孩递过去，妇人接过小孩，眼泪像撒豆子般地掉下来。她向我们道过谢，便抱着小孩消失在市场的东门边。

老黑久久地望着东门，东门已经朦胧。他叹了口气，说："我想，我自己的小孩都难得看到，竟然还有人这么狠心，把小孩随意丢在球桌上。下次，再碰到这样的事，就算是天王老子来了，我也不会给了。"

我说："老黑，你桌球台子不但出票子，还有人崽崽捡，可不一般呢。"

老黑嘿嘿一笑："赚几个小钱，能够养活我和瞎眼老娘就可以了。说真的，我还想努力存点钱，等我妹子大了给她做嫁妆。这人崽崽我可不想再捡了，伤不起啊。"

老黑说完，便转身去收拾吃饭的家伙，放到我店里，然后，便踏着夜色回家了。

明亮的月光高挂在高原辽阔的蓝天上，是那样清澈，像一泓圆圆的泉水印在天空上。旁边的星星不断地闪烁着，似乎在跟老黑说着悄悄话。老黑的身影越来越小，直到小成了一粒黑点，最后才消失在市场的门缝里。

第二天，老黑没有来摆桌球，听老乡说，他回老家接老娘去了。我望着桌球台子孤零零地摆在坪里，很不习惯，总觉得少了点什么。还好这样的情景只持续了三天半，老黑便牵着老娘，背着大包小包来了。他们娘崽真讲客气，还给我带来了老家的特产，我说不要，他们就说我看不起他们，于是，我只得无奈地收下来。

天气比以前要好点，所以，来市场采购的藏族老乡，像斗水鱼样的，一串串的，没有歇过气，我店里的棉衣和秋裤像被火毛虫烧过一样，竟然卖得一件不剩。眼看着店里的生意渐渐好起来，我必须要保证货源充足。于是，我拿出纸笔，坐在电炉边，认真补地起货来。

突然，一阵冷风吹了进来，我抬起脑壳一看，原来是老黑拿着球杆在玻璃门的缝隙处摇来摆去的，似乎要把玻璃门撬开，想发一笔不义之财。摇摆之后，他便把门大打开，拿着球杆像孙悟空挥着金箍棒，在我店铺门前做出七十二变前的各种准备。他每完成一个动作，还对着玻璃门吐舌、扮鬼脸，厚厚的黑嘴里不时地发出嚯嚯，咦啊的声音来，好像我的玻璃门变成了魔镜。风像土匪一样，在我店铺里横冲直撞，撞得挂衣服的胶链子沙啦啦直响。需要说明的是，高原上的风可不比内地，它是会钻进你骨头里的。

"老黑，你干什么名堂吗？"我大声喊道。

老黑没有任何反应，似乎聋了般。

我快步走上前去，准备把玻璃门关好，老黑突然使出武功绝学，球杆对着我的后背一戳，我竟然像被点了穴，半天也没有反应过来。老黑慢悠悠地说："你这个湖南妹子莫急啰，我就是看球杆有点歪，所以，借你的玻璃门当调正器了。"

"把我的玻璃门当调正器？我还以为你神经发作了呢？"说完，我一把抢过他的球杆，用眼睛瞄了瞄，除了杆头上有轻微的裂缝，杆子还是蛮正的，没有什么大问题。

为了惩罚他打扰我写补货单，我把球杆往柜台底下一放，说："你这个宝贝杆子我先替你保管两个小时，你到时再来拿吧。"

这可是老黑吃饭的家伙，他哪里肯让我保管呢？所以，我刚放好，他就撅着屁股，伏在柜台边，把球杆悄悄地拿了出来。

一阵叮叮的声音响起，上次那三个打桌球的康巴汉子，齐齐地朝桌球台子走过来。老黑见状，像猎狗闻到猎物般，飞奔出去。不知是太过心急，还是什么原因，老黑居然一脚踩空，像坨湿煤炭霸在灶膛里，半天都没反应。

三个康巴汉子赶忙走到老黑身边，扶的扶，喊的喊，很着急的样子。我拿出铁钩，哗地一下把卷闸门拉下来，也顾不得锁门了，便赶紧叫戴毛帽子的康巴汉子，帮忙把老黑背回家。我在前面带路，另外两个康巴汉子一前一后地招呼着，生怕老黑掉下来。幸好老黑的租房离市场不远，出了市场往右走八九百米便到了。路途虽然不远，可是，我们内心的恐惧却一点也不少，不晓得老黑的毛病究竟在哪里。我们四个人神色紧张，像是镖局最负责任的保镖，保护着老黑这坨宝贝。说来也是啊，要是老黑得的什么急病，人一下走掉了怎么办呢？我不时回过头看老黑一眼，他像个贪睡的人，脑壳懒懒地左右摇晃，却丝毫没有醒来的迹象。

我不断地催促戴毛帽子的康巴汉子。一边说着马上就要到了，真是辛苦你们了之类的话，企图分散他们的注意力，一边在心里暗暗祈祷老黑千万不要有事。

来到老黑的租房门口，他老娘正在灶台边摸索着炒菜。我喊了句孃孃，她听出是我的声音，高兴地答应了。我示意戴毛帽子的康巴汉子把老黑放到床上，正要去喊医生，孃孃说："你来是有什么事吧？"并顾自说道："老黑有低血糖，没吃早餐就出去做活路了。"

我说："老黑身体有点不舒服，我们送他回来休息一下。"怕他老娘担心，我尽量轻描淡写地说。"他可能是低血糖发作了，我冲杯糖水给他喝就会好起来"，老黑老娘淡淡地说道。

说来也巧，只见她轻轻喊了几声，老黑竟然醒了过来，喝过糖水，他的气色明显地好了起来。我们也大松了一口气，先前的担心顿时烟消云散，以至于老黑母子向我们道谢，我们也顾不得全数接收了。因为我还要赶着回家看店铺呢。至于那三个康巴汉子，跟着我一起回去，免费为老黑守桌球台子。当然，这桌子费自然是不要给了的，就算他们要给，老黑拼了老命也不会收下来的。

　　每当晚上看到桌球和球杆安静地躺在我货房的衣服上，我便仿佛听到桌球砰砰撞击的声音，这种声音非常悦耳，简直令人百听不厌。有时候，我甚至有种幻觉，这些圆圆的桌球像鸡蛋，突然孵出很多的崽崽来，它们兴奋地咯咯叫着，把我的货房当成了青青的草坪。

>>> 格聂神山属于理塘县，居于横断山脉中央，被誉为"横断之心"。

「望神山」

秋日的晚风令人沉醉，刚才还手拿着书本阅读的我，此刻，上下眼皮便打起架来，我打了个长长的哈欠，不知不觉便进入了梦乡。

梦中的我变成了一只雄鹰，久久盘旋在格聂神山周围。

格聂神山属于理塘县，居于横断山脉中央，被誉为"横断之心"。

格聂神山上积雪晶莹，震撼了我的双眼，虽然我经常从它头顶或者身旁飞过，我却从未如此近距离和它接触过。这让我感到一种前所未有的新鲜和好奇。神山像个天然的大冰柜，散发出一阵又一阵冷气，这种冷气可不是一般人能够承受的。它会在瞬间冻住你的身体，麻木你的思想，让你变成一个冰雕雪人。

洁白的雪像棉絮，像白云，像世间所有纯洁无瑕的东西。当然，它也像块巨大的镜子，映照着蓝天下所有的一切。确切地说，它更像是一个庄严的菩萨，默默地观察着这个世界，因此，万事万物皆在它的法眼之中。人间的悲欢离合，草木的枯荣，鸟兽的生死，无不牵扯着它看似平静的内心。它不言语，是因为它知道，所有一切都自有命数，自有它们的生存法则。

或许，雪山之所以高洁，跟它的胸怀有关，它包容着所有的一切。

>>> 东山顶上的那个方向拍的长青春科尔寺

它不惧风雨，经得起太阳和月亮的轮番照耀。即使是在凄风苦雨的暗夜，它也始终保持着圣洁的姿态，从来没有想过要逃离。

神山是寂寞的，它永远是那么高高在上，令人仰望。神山又是热闹的，它时刻在倾听世间所有的声音。白天，大风挟带着沙粒，挟带着牦牛和康巴汉子身上的味道，挟带着格桑花和酥油茶的香味，挟带着高原泥土和苹果的清香，挟带着喇嘛和尚念经的声音，挟带着藏语、英语、汉语等等，让那片高原世界，充满了丰富多彩的意味。如果说大风带来的是声音和味道，那么，雨水带来的则是欢喜和哀愁。雨就像是世间人们流下的泪水，而这发自内心深处的宣泄，正是人们情感的表现。

其实，当我飞累了的时候，受伤的时候，感到寂寞的时候，我也好想痛痛快快地大哭一场。可是，就算是这个小小的要求，我也无法达到。我最多是在飞翔的时候，把身上的灰尘以及排泄物，轻轻地抖落在圣洁的雪山上。

当这像雨一样的泪水，在雪山上肆意流淌的时候，不知雪山做何感想，它是否也会感知人间的悲喜和忧愁呢？它会不会也流下同情的泪水呢？而所有的这些，雪山无语，所以，谁也无法给出确切的答案。但是我想，圣洁的雪山，一定会让他们或它们的心灵得到暂时的宁静。

神山一定是喜欢白雪的，不然，它身上为何一年四季覆盖着白雪呢？白雪也一定深深地依恋着神山，舍不得离开。它们像深情的恋人，像互相依偎的母子，也像亲密无间的兄弟。它们互相包容和理解，所以，无论是哪种情感，它们都能长久地维持下去。

神山从远古走来，它看见过茹毛饮血燧石取火的古人，也见过辛勤劳作衣着华丽的今人。它见证了永不停歇的生死，就像太阳落下月亮就升起来那么自然。

格聂神山主峰终年白雪皑皑，在阳光的照耀下，金光闪闪，相传释迦佛曾经赞叹它为殊胜的清净修禅之圣地。

我稍微往下飞翔，神山山腰以原始森林装点山色，其间飞泉瀑布倾泻而下，景色十分壮观。山下有广阔的草原和森林，以及清澈碧透的湖泊。麝、熊、藏马鸡等珍稀动物窜行其中，它色彩斑斓，像林间生出的翅膀，极富野趣。山下呢，还有冷谷寺为第一世大宝法王于南

>>> 高老师在看画展

宋绍兴年间创建，是康巴地区最古老的寺庙之一。

冷古寺四周雪峰环绕，经幡飘扬，分外富有灵气，是众多高僧修行的佛门净地。寺内还收藏了大量经文，以及珍藏着三件稀世珍宝：母鹿角、石中海螺、奇石。这三件宝物中，尤以奇石为稀。奇石呈块状乳白色，自然形成各种似毛细血管的花纹，它被誉为格聂神山的心脏。

寺庙里人来人往，香火缭绕，好不热闹。喇嘛和尚念经的声音，像一群巨大的马蜂在寺庙上空嗡嗡嘤嘤回响。

看到这里，我突然不想继续飞行了，我已被清澈碧透的湖泊和藏马鸡所吸引。我优美的身影在湖面上清晰地呈现，就像摄影家手中的照片，像画家笔下的艺术品。因此，我心中立即升起一种前所未有的幸福感。其实，我还有种想法，我要长久地霸占这片可爱的湖泊，这是因为我不用辛苦地跋涉，也能在如镜的湖面上，见到我所想见到的一切。那么，就让我这样静静地守住这片湖泊吧，把那些令我烦恼而痛苦的事情，以及那些剪不断理还乱的情感，统统丢掉，丢得远远的，让它们再也找不到我。

此刻，如果说雪山洗涤了我的灵魂，那么，我还想让温泉濯洗我疲惫的肉身。也许，它不但能洗去我身上的尘埃，还能愈合我灵魂深处的伤疤。或许，当我把自己完完全全交给神山的时候，我才能真正认识自己。

如果某天，你看到一只雄鹰，在蓝得令人心醉的天空上振翅高飞，那便是我。

>>> 其实，雪山距离市场还很远，因为它的巍峨，才让人觉得很近，近得好像躺在它怀里一样。

「喜妹子的悲喜人生」

每到晚上，我所在的康南综合市场就笼罩在一片静谧之中。

这时的雪山，就只剩下模糊的轮廓了。但是，就算它只剩下轮廓，我依然能感受它的威严和壮观，它的高冷与傲娇。其实，雪山距离市场还很远，因为它的巍峨，才让人觉得很近，近得好像躺在它怀里一样。

白天由于忙于生意，就算是隔壁的老乡，我们都很少相聚，只有到晚上的时候，我们才有机会好好说说话。和我关系最好的是喜妹子，别看她名字中有个喜字，可她的命运一点也不好。

平常，就算是我们关系再好，关于人家的隐私，她不说我也不会打听的。一天晚上，我刚吃过饭，正想去库房整理货物，喜妹子像一匹野马，径直冲进我店里。我一把拦住她，她顺势扑倒在我怀里，声嘶力竭地哭起来。

"怎么了吗？哪个欺负你了？你这个家伙，平常笑得没心没肺的，这下却哭得像个哈星（蠢宝的意思）。"见她没有回应，我便不再说了，等她发泄完再说吧。此时，她的哭声和外面的风声好像在比赛一样。每当寒风撞击卷闸门，她的哭声便提高了腔调。似乎要用这洪荒之力压住风声。

她哭了有好一阵子了。我的餐巾纸也用了好几包。特此说明一下，餐巾是那种小包的，一包只有五张。终于，她抬起脑壳，凌乱的头发下面，藏着一双肿得像猪尿泡的眼睛。本来，她的眼睛蛮小，经过泪水的浸泡，就显得更小了。看着她这副样子，我捏了捏她饱满的像南瓜般的脸颊，说："喜姑娘，你这是碰到什么天大的事情了？我好像记得有人说过，天下没有什么事情是喜姑娘的笑容治愈不了的。"

她扑哧一笑，鼻涕随之流了下来，我的餐巾纸还没来得及拿出来，那透明物已经到了她袖套上。

只见她猛地站起来，对我说："陪我出去走走吧。你的屋子太小了，容不下我一颗大大的受伤之心。"

好吧，我倒要看看你这个家伙要什么花把戏。我在心里暗暗地想。

我从衣架上取了件长风衣给她。自己穿了件羊皮外套。我可不想让外面的冷空气，把我们变成两根巨大的冰棒。

出得门来，一轮明月恰好从云层里探出脑壳来。白天喧闹的市场，此刻变得鸦雀无声，好像被高人点了穴。高原虽有明月的夜晚，也是比较寒冷的。想到要在这世界高城倾听她巨大的秘密，顿时，我的心情莫名其妙地好起来。因为只有这样，我才能及时找到安慰喜妹子的良方。

市场呈长方形，两边一楼是铺面，楼上用于居住和办公。对面是税务局的办公楼，工商所在我铺面的三楼。每天进出办事的人很多，让人感觉到有序而又热闹。此刻，整个楼房像一幅画作，静静

>>> 理塘菜市场

　　地立在那里，犹如边境的战士在站岗。白天哗哗流水的水龙头，也开启了熟睡的模式，在水泥台子里低着谦逊的脑壳，完全没有了白天的趾高气扬。

　　我们默默地走着，生怕打扰了这静谧而美好的夜色。走过十几间铺面，便到了市场的东门。白天，卖菜的四川人，卖苹果和虫草等高原特产的藏民，他们的摊子就摆在这里。夜色中，还有他们销售过的痕迹和证据。像枯黄的菜叶和尼龙袋子，以及苹果叶子，就是最好的证明。朦胧中，我仿佛看到青翠欲滴的蔬菜，见到那壮实的虫草正在蠕动，闻到苹果淡淡的清香。摊子边围满了人，有高大威猛的康巴汉子，有转着经筒祈福的阿妈，还有印着高原红的小女孩，怯怯地躲在阿妈身后，露出清澈明亮的大眼睛，两眼里弥漫着稚气而又好奇的光泽。冥冥之中，我仿佛还能听到康巴汉子高亢而悠远的歌声。

喜妹子紧挨着我，口中不时地哈出缕缕白气。也许是激动过后的平复期吧，她始终沉默着。我们的脚步声很轻，像落叶飘落。

穿过马路，我们来到了背风的草坡。这里距离市场有几里路，不用担心吵醒别人。况且，待在里面，就像在摇篮里那样安全。也许是有了安全感的原因吧，长嘘了几口气之后，喜妹子便开始表演起来。她把手做成喇叭状，对着无垠的草原和山峰大喊："为什么我姐妹六个，父母唯独把我送给姨妈抚养？说什么姨妈也是妈，明明我是被父母抛弃的孩子，这和送给别人又有什么两样？她们在父母的呵护下成长，而我却要在别人的白眼中，度过美好的童年。为什么送的是我？而不是其他姐妹？难道我这个老五真的有这么讨厌和不堪吗？这是为什么？为什么？"喜妹子的声音在辽阔的高原上飘荡，她的呼喊被勤劳的风带向远方，带向雪山，带向不知名的地方。然而，不论她呼喊得如何令人动容，回答她的只有无边的夜色。草原上所有的精灵，好似得到了某种命令，不约而同地保持着沉默。

我也被她的喊声所惊讶，我不得不怀疑，眼前肆无忌惮在呼喊的姑娘，还是那个平常笑靥如花、谨小慎微的喜妹子吗？

喊完，喜妹子又再次撕心裂肺地哭起来。

远处的帐篷若隐若现，在明月的照射下，像刚出笼的包子，让人忍不住想咬上一口。还未干透的牦牛粪便，被风裹挟着散发出淡淡的异味，这种味道很真实，你甚至还能闻出大地和青草的气息。那是因为高原上的草木都是原生态的，牦牛们无拘无束地享受着美食。

我说："你也不用想太多，或许，你父母有什么难言之隐。"你说："如果不是迫不得已，谁会舍得把自己的孩子送人？"

"那为什么是我？"喜妹子带着哭腔问道。

"你不是老五吗？可能是还想再生一个弟弟吧，又觉得压力太大，所以才出此下策的。再说了，太差的人家，即使送给别人，别人也不敢要。你现在自己做生意，小日子也还过得去。又碰上了我这个铁闺蜜，半夜三更陪着你吹冷风，你应该感到庆幸才是。"我为了安慰喜妹子，便胡乱说了这些理由。

喜妹子也不回答，脑壳歪倒在我怀里，胸脯一起一伏，像风吹过金黄的麦田。

远处传来几声狗吠，在寂静的夜空下，让人心生恐惧。我刚想跟她说我们回去吧，喜妹子又幽幽地说起来。"你别看我现在做生意，大小是个老板娘，每天坐在店里优哉游哉。你却不知道我那些年吃过的苦，如果要说的话，三天三夜也说不完。自从我九岁那年，偶然从姨妈口中得知我不是她的亲生女儿，我的性格就彻底变了。以前的我简直快乐得像只小鸟，每天叽叽喳喳的，根本不知道什么叫烦恼。"

"难道你姨妈对你不好吗？"

"她即使对我好，又能跟父母的爱一样吗？能改变我被父母抛弃的事实吗？你不知道，现在我的那些姐妹，因为老城改造，房屋征收，得到了大笔的赔偿款，她们每人有份，就我没有，说我是送出去的，没有资格享受。父母年纪大了，也管不了这么多，我也不想因为这件事，闹得大家都不愉快。既然她们说了这话，我也不会再去幻想了，没有就没有，地球是圆的，只要努力，总会撞起老爷办酒席（出人头地的意思）。

"初中毕业以后，我就去市里的华玉大酒店打工，年纪小又能做什么呢？那个主管见我求职心切，一副可怜兮兮的样子，不禁动了恻隐之心，便安排我到二楼的餐饮部端盘子。说是包吃住，每月工资120块。莫说每月还有120块，就是只给50块我也会干的。因为在我心里，被父母抛弃是因为自己的命不好，是可有可无之人，所以，我一定要凭一己之力，好好地活下去。

"二楼是零散客人，吃个便餐而已，事情并不多，还不算太忙。三楼却经常承办宴席，那些盛鱼装鸡的盘子又大又重，加之楼梯又窄，一上午跑上跑下的，累得我腰酸背痛，一身稀软的，好几次差点从楼梯上滚了下来。也不知道是怎么回事，每次轮到我当班，生意就特别好。那时我不到十六岁，在别人眼中还是个黄毛丫头。那段时间，我总是感觉特别吃力，整个人也显得忧心忡忡的，生怕自己做不好，丢了这个好不容易到手的饭碗。

"庆幸的是，不久后我就习惯了，还练出了一些本领，直到现在，我的手臂上还能放一溜盘子，不管我如何走动，它们竟也岿然不动，似乎生了根。端盘子倒没有什么，只要吃得苦，我就能安稳地留在那里。最麻烦的是，还要时时面对客人的骚扰。好像我所有的优点，都变成了被骚扰的导火索。我长发及膝，闪亮得像镜子，身材苗条像长豆角，格外令人注目，小脸蛋像桃花贴在上面，白里透红，浑身洋溢着青春的气息。我感觉那些客人吃饭时，眼睛总是盯着我看，把我当成了他们碗里的菜。好不容易吃完了，临走时，还不忘在我的小脸上飞快地捏上一把。我的脸羞得通红，也不知道要说什么才好。最主要的是怕说错话，得罪客人，被老板炒鱿鱼。"

"哎，真是难为你了。你把自己说得那么吸引人，更是令人刮目相看。来来来，让我好好看看你，是不是比以前更有魅力了？"

她可能知道我是特意这样说的，并不理我。我叹了口气，抬起脑壳向夜色做了个鬼脸。

"你不晓得，还有好多客人吃完后，写纸条塞到我手里，人马上跑了。有的写道，小妹，如有机会来香港，可以来找我，并且附上电话号码。还有的写道，一见到你，我就像看到了阳光，整个人便充满了希望和活力。我在上海等你，此条永久有效，只要你来。还有的说，你就像我的小妹，能给我机会照顾你吗？像此类的纸条，我接了好多，看完后就丢到垃圾桶了，有的甚至看都没看。我想，亲生父母都不要我了，他们会真心对我好吗？

"这些纸条我毫不犹豫地丢掉了，可姨妈带来的一中录取通知书，我却当成宝贝收在箱底。那是夏天的一个下午，姨妈来了，她颤抖地拿出通知书，说：'喜妹子，你考上了高中，可姨妈却无力送你去读，我想了想，通知书还是给你送来吧。你也知道家里的情况，三个哥哥都在求学，家里再也拿不出多余的钱来供你读书了。'我不作声，心里却像有利针在扎，其实，我是好想继续读书的。我想，姨妈心里也一定知道我此刻的想法。她把声音压得很低，无可奈何地说道，屋里唯一值钱的东西，就是那条背犁的老黄牛了，不然卖掉它，送我去读书？姨妈噙着泪水望着我，你说，我会忍心要她把老黄牛卖掉吗？当我每次梦到坐在教室里读书，姨妈眼中的泪水便像钉子扎得我生疼。

"那天的阳光很大，大得树上的蝉鸣声不断，我的心却像阴河里的水，冰凉冰凉的。直到现在，我听到蝉鸣就会想到当时的情景，我的心就会莫名其妙地痛起来。我之所以选择来理塘做生意，这个占了主要原因。

"可是，每当我听到昔日的同学考上了理想的大学，我又后悔得要死，我恨自己当时太不坚决了，也许我再坚定点，说不定姨妈就会改变主意。只要度过当时的难关，后来的生活就会慢慢地好起来，而我的人生，就会有不一样的风景。为此，我常常在夜深人静的时候，折磨着自己，脑壳里翻来覆去想的就是这件事。由于睡眠不足，整个人显得特别憔悴，以至于有段时间，我怀疑自己生病了。"

喜妹子说完，对着天空长长地舒了口气，似乎只有这样，她才会觉得轻松点吧。我虽然看不清她的脸，但我能体会她的痛苦。

"本来，以为只要努力工作，我的日子就能平静度过。店里的大师傅见我年纪小，做事勤快，于是对我有诸多关照，惹得另外两个做事的姐姐很嫉妒我。其中一个叫蒋思的姐姐尤为厉害，有天和男友吵架，一气之下把店里发的制服剪烂了。但我们店里有要求，每天上班必须穿制服，不然就要扣钱。我那天在经理办公室有事请假的时候，恰好蒋思也在那里。我刚出门不久，她就向我借制服，我二话没说就借给她了。

"没想到，我第二天问她要时，她却说我是无理取闹，还说是我偷了她的制服。后来事情闹到经理那里，经理也打着哈哈，说我不该偷制服，任我怎么申辩都没用。此后，只要我在场，就有同事对我指指点点，说我手脚不干净，搞得我心情非常郁闷。我想解释，看到他们鄙夷的目光，我又没有底气了。清者自清，还是随他们去吧。哪想，后来在宴席上收拾桌子的时候，蒋思竟然当众挑衅我，故意把碗里的油汤倒在我的红裙子上，我忍无可忍，直接就和她干上了。最后的结局是，经理把我们两个叫去教训了一顿，说我不该动手，要我向蒋思赔礼道歉，我自然是不能接受的，明明是她犯错在先，凭什么要我道歉呢？我气愤不过，便炒了老板的鱿鱼。后来我才得知，经理和蒋思是亲戚关系，蒋思是他的侄女。

"我的第一份工作就这样结束了。我很不甘心，难道是我做错了吗？还是我这个人天生好欺负呢？直到现在，我都没有想明白。"

我插话道："人生在世，哪能不受点委屈和挫折呢？你要擦干眼泪，继续往前走，总会有收获的。"

"是啊，"喜妹子赶紧接话。

"在最困难的时候，我还去帮别人收过废品。"喜妹说出这句话，声音就哽咽了。

"那些堆积的废品，像啤酒瓶子，可乐罐子，纸板，牛奶瓶子等东西，要是在夏天，有些没喝完的饮料，就会发出难闻的味道，甚至还有很多蟑螂和蚊虫藏在里面。你得一样样地把它们整理好，过称，装车，通常一天忙下来，你就不像妹子了，而是像个十足的野人。这还算好的，有时碰到刀片，图钉，针头等利器，一不小心，手上就会挂彩。原本细腻白皙的小手，经常变得伤痕累累，就像初学的画家，画出的半成品。

"有次，老板急着发货，我忙了一上午连水都没有喝，就因为害怕废品中藏着暗器，所以，动作稍微慢了点，不幸被老板发现了，把我骂了个狗血淋头。印象最深的一句话是，你是我请来做事的，不是来当老爷的，你还想偷懒吗？看你这副死样子，天生就是贱命一条。"

沉默几秒后，只听到喜妹子的鼻子轰轰地响了几下，我估计是她的泪水在作怪。

老板这句话，可说是戳到喜妹子的血环心了（心脏的意思），难怪她耿耿于怀。

喜妹子一直沉浸在往事的回忆里，我也不好意思打断她。虽然我穿着羊皮衣，由于高原的气温低晚上就更见低了。我的手脚冰凉，像被人泼了冰水。我不断地把手放在嘴边哈气取暖。喜妹子竟然毫无反应，看来她内心的洪流，已经战胜了寒冷。

月亮渐渐西斜，一阵风吹过，我不由打了个寒战。

我说："喜妹子，很晚了，我们回去好吗？"

喜妹子脑壳一歪，说："再待一阵好吗？我难得把自己的心里话敞开对你说，把这些令人心酸的往事倒出来。"

"好吧，"我无奈地答应着。

"你只管讲，我洗耳恭听。要是讲得我睡着了，就当这片天地代替我听了。明天假如我感冒了，开不了店门，所有的损失都要你赔偿。"

　　"你身体健壮如牛，连老虫（老虎）都打得死，在这里好几年了，我从来没看到你感冒过，你就不要哄人了，好吗？"

　　"很晚了呢，去我家接着讲，好吗？"我说道。

　　"怕什么，这里又没有老虫，就算是来了，有你在我也不怕。"喜妹子大声说道。

　　"好吧，好吧，就听你的，你老人家继续。"我回道。我边打着哈欠，边听喜妹子诉说遥远的故事。

　　听到最后，我的瞌睡虫竟然不知不觉地跑了。我们像两个毛癫婆，边笑边打闹，时而跌倒在草地上，时而脱下外套迎风舞蹈。

　　回家的时候，已是凌晨了。

　　第二天，喜妹子感冒了。我身体好，只是稍微有些头晕而已。我们一整天没有吃东西，店铺也关闭着。我们共同为昨晚的疯狂买了单。

　　五年后，我回到内地在一所中学教书。

　　喜妹子呢，找了个藏族老公，所以也会说一口流利的藏语。夫妻俩生了一对双胞胎妹子，生活得非常幸福。

　　我觉得，直到这时她才成了名副其实的喜妹子。

>>> 远处寺庙里，隐约地传来了喇嘛念经的声音，这种声音，很有魔力
和治愈力，一听，整个人就感觉平静了，心情也变得好了起来。

拾陆篇

「遥远的声音」

我还躺在床上回味毛娅温泉的温暖和舒适时，寒风却像个饿极了的魔鬼，在门外和窗户边声嘶力竭地叫喊着，呜——，哗——，似要扫荡这个高原上的市场，又似乎充满着罕见的嫉妒，嫉妒人们还躺在床上。我想，这寒风如果是个人，那么，嗓子都会喊破的。这呜呜哗哗的声音，在这清晨听来，是多么的令人心烦意乱，甚至，还让人感到丝丝恐惧。天气实在太寒冷了，零下二十几度的气温，滴水成冰，我似乎还听到了滴水的叮咚声，以及凝固成冰的炸裂声，它好像是烈风的不可缺少的伴奏。所以，起床对于我来说，便成了一件大事。

　　我在床上翻了翻身子，将被窝掀开一条缝，看到对面货架上的毛衣以及罩在棉衣上的尼龙袋子，竟然像一个个兴奋的舞蹈演员，不仅在不停地旋转着身体，甚至，还发出窸窸窣窣的声音，似乎有点害羞。它们之所以有这个表演的机会，还得要感谢窗户上那些细小的缝隙，以及卷闸门上的空隙，这才让寒风趁机呜呜地钻了进来，好像我的店铺成了它们的练声房，各种嘈杂的声音，都可以在这里肆无忌惮地歌唱。

　　我家主要以经营衣服为主，同时，还有鞋子和各种小百货。

　　开先，我听到了许多卷闸门开启的声音，这些声音像在阳光下暴晒的豆子，时不时地哗啦啦嘭嘭地响几下，这在高原上的清晨，显得特别刺耳。有的老乡特别勤快，每天便早早地起来了，所以，他们应该是这些声音的始作俑者。然后，我又听到了铁桶叮叮当当的响声，这响声清脆，响亮。哦，原来是隔壁的老明去提水，他总是把铁桶敲得咚咚直响，似乎在显示自己的早起与勤快，也似乎在催促我们这些懒虫快点起来，跟他一起敲响铁桶，为市场上增添一些生动与活力。

紧接着，我又听到了康巴汉子的靴子在地上敲打着，敲击出叮叮叮的声音，干脆，利索，极有节奏感，在市场里响来响去。这些从最初的强劲有力而清脆的声音，逐渐变得微弱而模糊起来，像一部音乐的尾声。这种靴子敲打出来的声音，像大型交响乐的主旋律，奏响了市场上新的一天。片刻后，对面菜市场也跟着喧闹了起来，有摆菜时竹筐所发出的吱呀声，有带着格桑花和酥油茶香味的藏语，有飘着麻辣香味的川音，还有散发着淡淡清香的黄花菜的湖南腔。它们似乎要为这场声音的大会合，贡献出自己微薄的力量。当然，我还知道，远处的雪山和天上的阳光，一定也参与了这场声音的盛会，它们只是不轻易地表达自己的感情而已，但我，的确听到了它们的声音。雪山的声音晶莹剔透，发出银白色光芒，似一个个跳动的音符。而阳光的声音呢，则是淡黄色的，并吱吱作响，发出自己伴奏的声音，并且，传达着丝丝温暖。其实，窗户上那淡黄色的阳光，早已把自己出卖。此刻，它正静静地在玻璃上裸露着光洁的身体，似乎在跳着无声的舞蹈。我很佩服阳光的勇敢，因为它是从雄伟而庄严的雪山上偷偷地跑出来的。

这所有的声音，又像一只无形的大闹钟，在催促着我起床。

如果再不起床，便对不起这清晨的声音了。于是，我起来了，把自己裹得严严实实的，像襁褓中的婴儿。

我打开电炉，让温暖渐渐地充满着整个铺面。做早餐时，我用高压锅煮面条。高压锅上的那粒安全阀，像个姗姗来迟的后来者，迫不及待地发出了嘟嘟而欢快的响声，掺和在市场声音的大部队里，有种替补的意思。不过，安全阀所发出的这种声音很有魔力，让人不断地吞着口水，发出咕噜咕噜的声音来。吃罢，我便从柜台里拿出书来，边看书，边守株待兔。火红的电炉，在我脸上和书上尽情地吸收冷气，然后，再吐出温热的气息来，我便感觉到一股暖流从心底流向脚尖。

大约半个小时吧，我店里闯入了七八个康巴汉子，靴子所发出叮叮叮的声音，强烈而震撼，像个打击乐队痛快地响进了我的世界。他们都比较高大，戴着毛帽子，红黑色脸上，露出憨厚而朴实的笑容。藏袍直垂到膝盖以下，没有扣子，便可以清楚地看到里面露出卷着的白色或者微黄的羊毛，我似乎听见了它们温柔的声音，它们像在轻轻地抚摸着重金属乐器。这些康巴汉子，一只手穿在袖子里，一只手则露在外面，那空着的袖子，便像一把蒲扇随着身体的移动，一扇一扇的，竟也扇出了悦耳的声音。

他们腰上紧紧地围着一个黑色皮腰包，共有两三层，里面鼓鼓的，居然鼓出了骄傲的响动。他们把百元钞票装在里面，且多半是新崭崭的。每次买东西付钱时，他们便把钞票数得唰唰直响，响出了大方而自豪。他们甚至还会说，你的东西都是新新的，我的票子也是羊毛羊毛（藏语，很好的意思）的哦。说罢，便露出了憨厚的笑容，用清亮的眼神望着你，似乎在说，我说得对吗？

他们身上还挂着一把藏刀。藏刀小巧而精致，刀鞘上镶着宝石，在阳光的照耀下，发出夺目的光芒，似乎发出了锋利的声音，甚至跟阳光的声音融合在了一起。

从他们嘀嘀咕咕的交谈中，我获知他们要去山上挖虫草了，这次来店里，是来置办装备的。因此，我似乎听到了山上的虫草发出的微弱声音，像蚯蚓在拱动着，含有一种泥土的声音。

他们每人买了三双回力鞋，两件棉衣，两件衬衣。所以，我店铺里便响起了物品的声音，回力鞋的碰撞声，棉衣的摩擦声，还有衬衣的窸窣声，这些混合而轻微的声音，似乎很想快点离开我这里，又似乎舍不得离开，总之，是一种极其矛盾的声音。他们买东西很有意思，如果某人看中了某样东西，其他人便都要争着买这种物品，似乎大有扫货的欲望跟架势。因此，我们每次到成都荷花池市场进货，都会多准备一些，以供扫货大军的出现。

他们试穿鞋子和棉衣还好，拿起来便套在脚上和身上，店铺里便响起崭新的鞋子和棉衣摩擦声音，声音挺括，响亮。如果要试穿衬衣那就有点麻烦了，他们必须把外面的衣服都通通脱掉，然后，伸了伸腰，再窸窸窣窣地穿上白衬衣。然后，他们便开始检查衬衣的大小和质量，手臂一伸一缩的，看大小是否合适，就像做操似的。另外，他们还要把线缝处扯了又扯，似乎里面隐藏着什么可怕的东西。如此反复几次，觉得满意后，方才罢手。有时，看着他们粗大而邋遢的双手，在白衬衣上扯来扯去，我便暗暗吸气，菩萨保佑啊，留几个黑印子就算了，可千万不能让衣服花了线，如果花了线，不但生意做不成了，他们还会说我的衣服质量不好，下次也就不会登门了。让我高兴的是，最后他们都是满意地离去了，那种靴子所发出的叮叮叮的声音，由近而远，似乎在敲响这部合奏的尾声。

接近中午时分，在内地是该做午饭的时候了，但在这里，老乡们一般只吃早餐和晚餐，中午这餐饭就省掉了。其实，刚开始养成这个习惯时，我的胃感到极不舒服，老是有种叽叽咕咕的声音在提醒我，简直是无休无止，"主人，快给我点吃的吧，我实在是饿得受不了了。"然而，正是我对于这种可怜的声音的求助充耳不闻，以至于回到内地的那几年时间里，我的胃居然饱受折磨，经常隐隐作痛，像一曲悲痛的哀号。

远处寺庙里，隐约地传来了喇嘛念经的声音，这种声音，很有魔力和治愈力，一听，整个人就感觉平静了，心情也变得好了起来。我仿佛听到了那无数的梵音，像花朵般悄悄地开放在辽阔的高原大地。我突然想起了小时候，在放学回家的路上，只需两毛钱一包的五香瓜子在手上捏着，歌声便会不由自主地在老街上空飘荡。不管是否有人关注，不管是否走调，就是那样尽情地唱着，唱出一个无忧无虑的童年。现在，即使身处异地他乡，我还是会在梦里遇见小时候的自己，遇见那稚嫩而纯粹的歌声。

到了下午，老天突然下起了大雪，市场里的行人渐渐地变得少起来。雪花像调皮的孩子，在寒风的助力下，径直闯进我的铺面，甚至，扑进了燃烧着的电炉里。只是听到电炉哧哧地响了起来，像是受到了巨大的刺激，发出了激动的声音。也许是，这种哧哧的声音激起了我的食欲，于是，我决定去对面粉店买碗酸辣粉。

此时，市场外边突然响起了琴声，琴声时而低回婉转，如歌似泣，让人伤感。时而高亢悠扬，令人兴奋。我的眼前，仿佛出现了一个充满着野性而迷人的藏族小伙，正在把满满的思念用琴声诉说。这琴声像是推动剂，催我加快了脚步，向着对面的酸辣粉店跑去。

粉店老板是重庆人，来这里已经有二十多年了。外号叫"南瓜"，长得斯斯文文，逢人便露出憨厚的笑容，那笑容温暖而亲切，咯咯，简直像吃了笑鸡婆蛋。我想，他长得这么斯文，叫他丝瓜还差不多，怎么叫南瓜呢？他老婆是藏族人，长得高大，样子也不错，唯一的缺憾是右腿因为受伤的缘故，走路一摇一摇的，倒也摇出了某种节奏。"南瓜"很疼爱老婆，店里跑腿的事情都是他在做，老婆只需坐在电炉边收钱便可以了。

我每次来到粉店，"南瓜"便像一阵风似的跑到我面前，大声问道："小妹，过来了？还是老样子，酸辣粉要大份，多加芝麻。""南瓜"的声音很清脆，像冰块融化时所发出的呼喊声。

"是的呢，赶紧吧，'南瓜'，天气太冷了，我等酸辣粉暖胃呢。"我说。

炉子上的锅里水在沸腾着，发出噗噗的声音，似乎在欢迎客人的到来，又好像在说，小妹子莫急，马上就有吃的了。讨厌的寒风好像认识我一样，我走到哪里，它便跟到哪里，不停地从门缝里伸出脑壳向我打招呼。我不理睬它，它便放肆地在我头上身上乱摸乱扯起来，并且，发出咿呀模糊的声音。寒风这个家伙真是可恶，老是欺负我这个从内地来的小妹子。它企图冻住我的手脚，随便在我脸上乱涂乱画，甚至还钻进我的怀抱，在我怀里上蹿下跳。我的心脏发出急速的咚咚声，它却呼啸得更加厉害了，盖过我心脏跳动的声音。这还不算，它甚至还让我全身发抖，偷听我内心深处的声音。当然，这个时候，我内心深处哪有什么好声音，我在诅咒这该死的鬼天气，以及这令人讨厌的寒风。

我接过"南瓜"端来的酸辣粉，这时，我听到自己的肚子里所冒出的咕咕的声音，于是，我将酸辣粉快速地送进了嘴里。

正当我享受美味的时候，风雪中，传来了几声牦牛的叫声，哎呀，难道它们也闻到了香味吗？感到肚子饿了吗？这种叫声，含有某种渴望，也有满足后的舒适。这种叫声，在傍晚的高原上悠长地飘荡着，像歌唱家在吊嗓子。远处的雪山，似乎也感受到了这份震颤，几只雄鹰急速地飞走了，把惊恐的叫声留在了辽阔的天空中。它们拼命拍打翅膀的声音，像铁扇公主使用芭蕉扇时，所发出的呼呼声。我似乎也听见了雪山下的火山，传来了隆隆的巨大的声音，好像要把积聚千万年的愤怒，在这一刻全部释放出来。我开始想象看到了那金黄色的熔岩像火一般，把周围的生灵瞬间吞灭。

于是，大地发出了惨痛的叫声，它剧烈地扭动着庞大的身躯，那不断抖动着的痛苦模样，连天上的雪花都不忍直视，赶紧随着寒风躲到远处去了。青草那娇嫩的身躯，也难以躲过一劫，它们甚至来不及呼喊，便被无情的熔岩覆盖了。即使那些坚强的小树，发出微弱的求救声，却也无济于事。当然，还有那珍贵的虫草，本来躺在草丛里，安逸地生活着，每天唱着歌晒着太阳，快活似神仙，现在，却被突如其来的灾难，毫不留情地毁灭了。别说虫草，就连和岩浆同样可以流动的河水，也不会被岩浆放过。岩浆每到一处，河中的鱼们即使跳得再高，发出砰砰声击打着水面求救，最后，还是免不了悲惨的结局，葬身于滚烫的岩浆中。

　　附近的牦牛和马匹，看到岩浆像海浪般汹涌而来，不约而同地抬起了脑壳，怔怔地望着这奇妙的情景。它们不懂危险已经降临，只有放牧的康巴汉子，惊恐地发出哦啊哦呀的声音。我很奇怪的是，此时，康巴汉子的声音为何如此之大，连山下的帐篷都颤动了起来。平时他们的歌声，最多也就在山上流浪而已。于是，帐篷中又有了急切的呼喊声，有妇人的，也有小孩的，除了人类的呼喊声，还有羊群的叫声。待到渐渐平静后，操弄酥油茶的声音和糌粑的声音也传了出来。这两种声音极具诱惑力，诱惑着牦牛和马匹，以及放牧人。它们和他们的脚步声交织在一起，像恢宏的交响乐，在高原广阔的天空和大地同时奏响。

　　我从想象里回过神来，转念又想起了毛娅温泉。正是因为有火山，后来才有温泉的。高原上的水清澈甘甜，即使是泡在温泉池子里，几滴不小心溅进嘴巴里的水，我也会毫不犹豫地吞了下去。静静地躺在池子里，闭上眼睛，听着温泉柔和的水流声，无疑是一种享受。这种水流声像蜜糖，正慢慢地注入我的心田。这种水流声，又像超级清洗剂，把我心中的尘埃，洗得干干净净，顿时，我便觉得浑身舒畅不已。就算是这样还嫌不够，片刻安静后，我便像回到了童年，用双手使劲地拍打着池子里的水，尽管它们发出痛苦的叫声，我也不管不顾，还是继续地拍打着。其实，你们为什么要痛苦呢？你们应该要感到高兴才是呀。因为我这雪白的身体，不是任由你们抚摸吗？甚至于我乌黑发亮的头发上，你们也毫不客气地粘在了上面，然后，发出一串串杂乱的响声，似在发泄着我拍打它们的不满。

天空的火烧云又像熔浆，颜色鲜活，壮丽无比，可是，永远也无法触摸。其实，说到天空，一定会想起夜空中的星星，它们咚咚地闪烁着身体。这种声音和频率，像发报机发出的声音和频率，很有规律。只是它们距离我们太过遥远了，我们听不到而已。月亮则故作沉静，任星星们喧闹，实在忍不住了，便躲进乌云中发泄几句。

晚上，纷纷扬扬的雪花给市场免费化了妆，原来的五颜六色，全都变成了纯白色，变得让我感到有些陌生起来。要不是深深浅浅的脚印和微黄的灯光，我还以为自己来到了童话中的冰雪世界。此时，天空和大地像约好了似的，同时在冰雪中酣睡起来。它们波浪式的鼾声，在市场的上空不断地回荡，这种鼾声具有极大的传染力。因此，那些亮着的灯光，一盏，一盏，又一盏，便逐渐地熄灭了。

后记

生态感与人性美兼具的高原书写

·任静·

　　谢永华的理塘题材散文之所以深切动人，关键在于作者不仅描写了严苛而壮美的自然环境、艰辛的百姓生活，而且揭示了其背后隐藏的人性、人情美。

作者聚焦特定地理环境的百姓特殊生存方式，体现出总体性把握的审美视野。理塘地处险峻的高原，天寒地冻，氧气稀薄，天气变化莫测。在这样的环境中，当地百姓为了生存而与大自然既相依相靠，又有顽强抗争。《挖虫草》的藏族人拖家带口来到海拔几千米的冰天雪地，仅凭基本的生活用具驻扎数月，寻觅售价高昂但捕捉困难的虫草。《我和卓玛》里卓玛的丈夫在悬崖峭壁挖青冈菌不幸丧命，她自己只好独自忍受寒冷早起摆摊来维持生计。《旺吉一家人》的旺吉一家则做着在风雪中贩卖猪肉的营生。一代代理塘人就这样生生不息，坚韧地探索着谋生技巧和生活经验，从而形成了独特的地域性生存体系。

　　作者对理塘人风俗习惯和精神气质的发掘，揭示出这片土地独特而深厚的生机、活力与文化底蕴。草原与冰川的融合，彩花与白雪的碰撞，空中盘旋的雄鹰，地上成群的牦牛，在作者诗意化的描述中交织成一幅辽阔、寂静、高远、粗犷的画面。理塘高原的人文活动也丰富多彩，热闹非凡。在"赶坝子"盛会中，赛马、红旗、哈达、马背上健壮的康巴汉子、载歌载舞的藏族阿妈和姑娘，每个元素都凸显出理塘浓厚的地域文化特色。而且，格聂神山上的白雪象征人们纯洁的心，天空中盘旋的雄鹰象征人们对自由的向往、对坚毅的肯定，随处可见的格桑花则象征着生活中一个个可爱的人，自然风景也由此体现出浓郁的人文意味。在这种艺术化的描述中，恶劣气候营造出来的冷色调也被人间温情构筑的暖色调所冲淡，人、物、景的高度统一地营造出一种自然和谐的整体感，展现了"一方水土养一方人"的独特底蕴。藏族百姓们在这片静谧的土地上生存，接受着远处格聂神山对身心的净化和对灵魂的洗涤，还形成了自己独特的信仰。从阿妈虔诚地诵经，到小喇嘛在街市上转动经筒的身影，作品中关于宗教活动的描述，更给文本审美境界增添了一种庄严神秘的色彩。

书写理塘藏族百姓善良真诚的人性、人情美，堪称文本审美建构的内核。《挖虫草》中不善言辞的藏族老乡，通过肢体语言努力将挖虫草的经验传达给外乡人，并在误以为外乡人生病的情况下伸出援手，表达出真诚的体贴与关心。《我和卓玛》中的卓玛带"我"参加藏族人的活动，向"我"介绍当地风俗习惯，分享生活的点点滴滴，洋溢着对"我"的热情与关爱。作者将这一个个温暖逗趣的故事娓娓道来，叙述节奏舒缓而流畅，于嬉笑之间体现出理塘藏族人民的人情美。在《旺吉一家人》中，作者首先介绍了旺吉哥哥是旺吉父母从格聂神山公路旁捡来的身份，然后描写旺吉父亲看到旺吉哥哥与女朋友小叶坠入河中后，毫不犹豫地跳进冰冷刺骨的河水救出他们，自己却因为体力不支沉入河中。父亲先救与自己关系更为疏远的儿子的女朋友小叶、再救自己捡来养大的儿子这一细节，更将理塘藏族人的人性美展现得淋漓尽致。父亲为救儿子去世以后，母亲每天以泪洗面，悲痛笼罩着全家人的生活。哥哥觉得都是自己的错，竭力填平着母亲和妹妹心灵的伤痛；妹妹对哥哥既埋怨又敬爱。作者以妹妹旺吉的视角来讲述，则使作品的情感表达更复杂丰厚、悲情氛围更真切浓郁。

作者对人与自然关系的理性思考，更拓展和深化这组散文的思想底蕴。《挖虫草》中，几个外来人怀着"发财"梦奔向理塘高原，经历一段时间之后就由新奇与期待转变为沮丧与落魄，最后几乎颗粒无收甚至险些丧命。故事叙述的背后，暗含着一种与自然对抗、破坏大自然必然会遭到大自然惩罚的理性意图。《挖虫草》中的外来人瘦子迷路之后，与牦牛相互依存取暖而得以生还；《我和卓玛》中"我"被突然袭来的老鹰所惊吓，卓玛介绍当地人认为老鹰是理塘人祖先并虔诚念经使盘旋的老鹰离去，又展现了当地人与动物相依为命的和谐关系。

总之，谢永华以满怀温情的叙述，将严寒与温馨、肃穆与灵动、平凡与神圣有机结合，描写了理塘别样的自然风光、生活图景和历史文化，也展现出理塘藏族人在高寒环境中益显珍贵的人性、人情美。

>>> 牧区儿童第一次放风筝

>>> 村戈乡村戈村贫困户正在集体牧场挤牛奶　陶军/摄

>>> 芒康村驻村队员正在教村上的孩子们打篮球

>>> 四川开放大学在芒康村组织的普通话培训第一期毕业合影